봄을 찾아 떠난 남자

봄을 찾아 떠난 남자

초판 1쇄 발행 2017년 3월 10일
초판 2쇄 발행 2020년 6월 25일

지은이 클라라 마리아 바구스
옮긴이 김희상
펴낸이 이종호
편 집 김미숙, 김송이
디자인 씨오디
발행처 청미출판사
출판등록 2015년 2월 2일 제2015-000040호
주 소 서울시 마포구 토정로 158, 103동 1403호
전 화 02-379-0377
팩 스 0505-300-0377
전자우편 cheongmipub@daum.net

ISBN 979-11-959904-3-6 03850

이 도서의 국립중앙도서관 출판예정도서목록(CIP)은 서지정보유통지원시스템 홈페이지
(http://seoji.nl.go.kr)와 국가자료공동목록시스템(http://www.nl.go.kr/kolisnet)에서
이용하실 수 있습니다.(CIP제어번호: CIP2017005997)
* 책값은 뒤표지에 있습니다.

빛 으 로 의 여 행

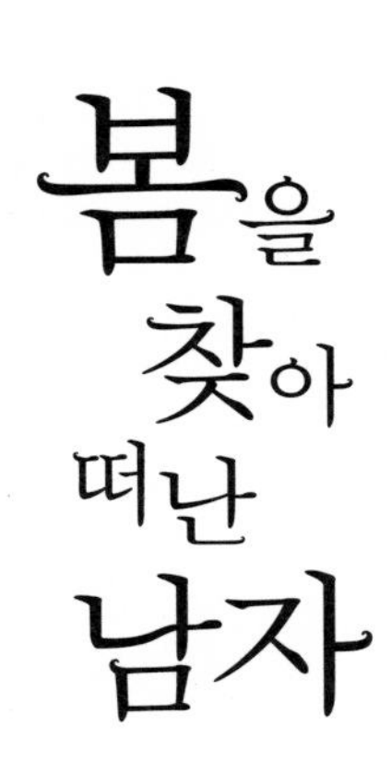

클라라 마리아 바구스 지음 | 김희상 옮김

청미

| 추천사 |

안도현(시인 · 교수)

당신은 봄을 찾아본 적이 있는가? 단순히 계절적 의미로서의 봄을 '찾아' 떠나본 적은 없을 것이다. 이 책의 주인공인 남자 역시 마찬가지다. 남자는 두 손으로 찻잔을 감싸고 창가에 조용히 앉아 기다렸지만, 봄은 오지 않았다. 돌연 창가에 앉은 '새'가 아니었더라면 남자의 봄은 끝끝내 오지 않았을지도 모를 일이다.

뿐만 아니라 주먹만 한 크기에, 불꽃같이 반짝이는 깃털을 지닌 새가 앉았던 목련 나무에서는 탐스러운 꽃봉오리를 틔우기도 했다. 남자는 이 새를 본 순간, 봄을 찾아 여행을 떠나기로 결심한다. 남자는 이 여행 중에 만나는 방앗간 주인, 사공, 노인 등 여러 사람을 만나며 이 새에 대해 묻는다. 그들이 본 새의 모습은 제각기 다르지만, '봄'이 상징하는 의미는 하나다. 남자는 여행을 하는 동안, 조금씩 새와 봄이 가지는 의미를 향해 다가간다.

여행을 떠나기 전 완전히 엉켜 있던 인생의 미로는 발걸음을 옮길 때마다 실타래처럼 풀려나갔다. 지난 모든 세월동안 남자는 자신이 뒤엉킨 실타래 같다고 느꼈다. 봄을 찾아가는 여행의 매 발걸음은 이 매듭을 풀어주며 인생을 이끄는 붉은 실이 되었다. 저 전설의 아리아드네가 미로를 빠져나갈 수 있게 마련해준 붉은 실처럼.(200쪽)

책장을 넘길 때마다, 당신은 남자가 찾아 떠난 새가 단순한 새가 아니라는 것을 알게 될 것이다. 그동안 잊고 있었던 꿈을 떠올리게 할 수도, 또 지루한 일상에서 탈출하려는 용기를 부여하게 될 수도 있다.

이제 당신은 단조로운 일상에서의 탈출은 물론, 당신의 '봄'을 찾아 떠날 차례다. 당신의 봄은 어디에 있는가?

봄바람처럼

더는 볼 수 없지만, 항상 느낄 수 있어

— 나의 어머니를 향한 그리움

1

아침 해가 하늘에 드리운 어두운 밤을 찢고 자취를 드러냈다. 눈길이 닿는 지평마다 창백하다. 끝없이 이어진 잿빛 팔레트. 두꺼운 구름은 햇살이 새어나올 아주 작은 틈새도 허락하지 않는다. 겨울. 여전히 겨울이다.

혹한으로 뒤덮인 땅은 얼음 옷을 입고 모든 생명을 질식시킨다. 단 한 마리의 새도 보이지 않는다. 나무도, 덤불도 겨울잠을 잔다. 세계는 연필로 그린 그림이다. 마치 시간마저 얼어버린 것 같다. 덜덜 떨게 만드는 추위 외에는 바람 소리만 들린다. 몰아붙이는 바람의 숨결은 얼음 같아서 모든 것을 굳어버리게 만든다.

남자는 두 손으로 찻잔을 감싸고 창가에 조용히 앉아 기다린다. 그렇지만 봄은 어디에도 기색을 보이지 않는다. 봄은 이곳을 잊어버린 걸까?

남자는 방금 자신이 무슨 생각을 했는지 알지 못한다. 그는 고개를 숙여 차를 바라본다. 뜨거운 김이 모락모락 솟아오른다. 이따금 김 사이로 남자의 얼굴이 희미하게 떨린다. 차의 표면에 비친 그의 모습은 남자의 본연의 모습이 아니라, 인생이 지금껏 만들어온 초췌함 그대로다. 그의 눈빛에 피곤한 검은빛이 서린다.

잠시 뒤 그는 고개를 들고 두 손을 짚고 자리에서 일어섰다. 망연히 바라보는 바깥 정원에는 눈과 얼음이 가득하다. 나뭇가지는 창백한 하늘에 먹물처럼 흩뿌려졌다. 얼음으로 덮인 나무는 잿빛 유리병처럼 보인다.

기억의 깊숙한 구석에서 남자는 젊은 시절 꿈꾸었던 만개한, 동화 같은, 경계라고는 없는 가능성의 땅을 떠올렸다. 화려하게만 보이던 인생. 아직 자신의 것은 아니었지만, 손을 뻗으면 딸 수 있을 것 같던 인생. 당시 사람들은 남자를 보며 그의 눈에서 꿈을 읽었다.

지금 그는 우두커니 서 있을 뿐이다. 인생의 한복판에서. 눈빛의 광채는 이미 오래전에 지워졌다. 꿈은 대체 어떻게 된 걸까? 인생은 어디로 가버렸을까? 나는 대체 누구인가?

남자는 두 손으로 안경을 벗었다. 얼굴에서 무거움을 덜어버리려는 듯. 그런 다음 찻잔을 들어 천천히 입으로 가져갔다. 차를 마셨고, 거기에 비친 자신의 얼굴도 마셨다.

그런데 돌연 바깥 창턱에 새가 한 마리 앉았다. 팔레트처럼 알록달록한 새다. 남자는 이처럼 화려한 색채를 자랑하는 새를 본 기억이 없었다. 주먹만 한 크기의 새는 앙증맞았고, 그 깃털은 불꽃처럼 반짝였다. 창을 통해 남자는 새가 지저귀기 시작하는 소리를 들었다. 그 순간 바람이, 서릿발 같은 바람의 숨결이 그쳤다. 새의 노랫소리가 너무도 사랑스러워 얼어붙은 땅에서 꽃봉오리가 고개를 들기 시작했다. 남자는 아주 조용히 창을 열었다. 거짓말 같은 봄의 향기가 남자를 감쌌다. 꽃과 향긋한 풀과 촉촉한 이끼가 빚어내는 향기의 교향곡이다.

이내 새는 날개를 펼쳐 정원의 목련으로 날아가 그 나뭇가지에 자리를 잡고 앉았다. 곧장 목련은 탐스러운 꽃봉오리를 피웠다. 남자는 눈을 비비고 다시 보았으나 분명 목련꽃이었다. 새는 다시금 날아올라 다시 창으로 다가왔다. 날갯짓을 하는 모습이 마치 남자에게 무슨 소식을 전해주려는 것 같았다. 그리고 나타났을 때와 마찬가지로 돌연 사라졌다. 그러자 꽃들은 고개를 숙였으며, 다시금 겨울이 되었다. 나무에도, 정원에도, 이 세상에도 여전히 겨울이다.

남자는 얼른 문으로 달려갔다. 문을 열자마자 새를 찾았다. 새가 멀리 사라질 때까지 그는 새에게서 눈을 떼지 않았다.

*

숲 언저리의 벚나무 꼭대기에 반짝이는 마법의 새가 내려앉았다. 곧장 나무는 신록의 싱싱한 잎들을 자랑했다. 가지에는 꽃들이 진주처럼 피어났다. 설탕가루처럼 꽃향기가 흙으로 뿌려졌다.

기적과도 같은 새의 마법에 사로잡힌 남자는 오래 고민하지 않았다. 그는 집으로 달려가 마침 눈에 띄는 가장 따뜻한 스웨터를 입고 장화를 신고 외투를 걸치고는 배낭을 꾸렸다. 그런 다음 벽난로의 불과 테이블 위의 촛불을 끄고 매서운 추위로 나섰다. 문이 덜컹 닫혔다. 남자는 계단을 뛰어내려가 숲으로 향하는 얼어붙은 길을 따라갔다.

새는 여전히 벚나무 가지에 앉아 노래를 불렀다. 남자가 나무로 다가가자 새는 다시금 날개를 펼쳐 가지에서 날아올랐다. 이번에도 나뭇잎은 시들었으며, 꽃들은 다시 봉오리가 되었다. 봄의 향기만이 남자의 코끝을 간질였다.

남자는 눈을 질끈 감았다. 어떻게 이럴 수가 있지? 그는 숲으로 사라지는 새의 뒷모습을 찾았다. 남자는 단호히 새를 따라갔다. 그의 시선은 이 기묘한 마법을 찾아 하늘에 붙박였다.

숲속은 침침하고 몹시 추웠다. 고드름이 나뭇가지에 가시처럼 달렸다. 걸음을 옮길 때마다 흙을 덮은 눈 더미에 발이 푹푹 빠졌다. 나뭇가지 사이로 새의 반짝이는 빛이 어른거렸다. 남자는 지치지 않고 따라갔다. 눈이 장화 밑창에 밟혀 두둑거리는 소리가 났다. 얼음처럼 차가운 공기는 마치 보이지 않는 벽처럼 턱턱 그를 가로막았다.

몇 시간을 쉬지도 않고 새를 따라갔다. 갈수록 발이 눈에 더 깊이 빠진 끝에 남자는 멀리 떨어진 곳에 낡은 오두막 한 채를 발견했다. 새는 그 집 처마에 앉아 있었다. 지붕의 눈이 녹으면서 고드름이 바닥에 떨어져 타닥타닥 깨지는 소리가 났다.

얼마 뒤 남자는 오두막에 도착했다. 정말 믿기 어려운 광경이 눈앞에 펼쳐졌다. 지붕에 쌓인 눈이 말끔히 녹았으며 촉촉한 흙에서는 봄의 향기가 피어났다. 사방에서 붓꽃이 꽃망울을 틔웠다. 그렇지만 오두막에서 몇 걸음 떨어진 곳은 여전히 한겨울이다.

남자는 오두막에 들어섰다. 창가에 테이블과 의자가 있었고, 구석의 벽난로 앞에는 장작이 수북했다. 벽난로 옆에 침대가 있었다. 지친 남자는 침대에 벌렁 누웠다. 이대로 잠들면 안 된다는 생각에 마지막 힘을 쥐어짜 자리에서 일어난 다음 배낭을 열고 성냥과 종이 한 장을 꺼내 벽난로에 불을 피웠다. 그러고 나서 차츰 피어오르는 온기 속에서 깊은 잠에 빠졌다.

2

남자가 깨어났을 때 불은 이미 꺼진 상태였다. 남자는 두 눈을 비볐다.

오랫동안 잠을 잔 것이 틀림없다. 툭툭 끊어지는 꿈의 조각들에 취해 남자는 회중시계를 잡았다. 잠자리에서 빠져나온 그는 오두막의 문을 열었다. 바깥은 희미한 새벽이다. 집요할 정도로 어두운 겨울이다. 아니, 완전히 어두운 것만은 아니다. 어느 정도 떨어진 곳에 밝은 녹색의 나무 한 그루가 서 있다. 사방을 돌아보아도 단 한 그루뿐인 소나무는 눈이 쌓여 만들어진 외투를 벗어던졌다. 마법의 새는 나무 꼭대기에 앉아 지저귀었다. 남자는 새의 노랫소리가 무엇을 뜻하는지 알 수 없었고, 새가 무얼 원하는지도 몰랐지만, 새가 일종의 메신저임을 분명히 느꼈다.

이 새를 절대 놓치지 않겠다고 결심한 남자는 얼른 짐을 챙겼다. 그는 배낭에서 검은색 표지의 메모장을 꺼내 펼쳐 지도를 그렸다. 자신의 집을 표시하고 전날 이 오두막까지 오게 된 길을 기억을 더듬어가며 지도를 그렸다. 그런 다음 메모장을 덮어 바지 호주머니에 넣었다. 배낭을 어깨에 둘러멘 그는 출발했다.

달이 여전히 은빛 쟁반처럼 지평선 위에 떠 있다. 새가 있는 곳까지 가는 길은 얼어붙어 미끄러웠다. 달빛을 받아 반짝이는 얼음길을 따라 봄의 새가 지저귀는 소나무에 이르렀다. 나뭇가지에는 녹은 얼음 사이로 주황색 꽃봉오리가 피어올랐다.

3

남자가 걸어가는 풍경은 생명의 숨결이라고는 전혀 없는 척박하고 암담한 회색이다. 그러나 새가 수풀이나 줄기 혹은 가지에 스칠 때마다 알록달록한 색들이 만개하며 아름다운 봄이 피어났다. 깃털이 부드럽게 닿기만 해도 봄은 기쁨의 노래를 불렀으며, 새가 다시 멀어지면 이내 숨었던 곳으로 자취를 감추었다. 이런 장관이 발산하는 마법에 사로잡혀 남자는 그때마다 걸음을 멈추고 경탄으로 눈빛을 반짝였다. 또 멈춰 설 때마다 남자는 지나온 길을 메모장에 그려넣었다. 갈수록 주변이 낯설어지자 남자는 해를 바라보며 방향을 잡았다.

몇 시간이고 눈길을 걸은 끝에 남자는 낡은 물레방앗간에 도착했다. 기묘한 새는 방앗간 바로 옆의 밭에 내려앉았다. 이제 해는 하늘 가장 높은 곳에서 빛났다. 모든 생명이 서리와 얼음에 덮여 겨울잠에 빠져 있던 그곳에서 흙이 잠에서 깨어났고 밀의 싹이 힘차게 움터올랐다. 놀란 남자는 자신의 눈을 믿을 수가 없었다. 불과 몇 분 만에 잘 익은 밀의 황금물결이 남자의 눈앞에서 일렁였다. 그는 야물게 익은 이삭을 손바닥으로 훑었다. 햇살을 머금어 단단하게 익은 밀알은 오븐에서 갓 구워낸 빵처럼 맛난 냄새를 풍겼다. 향기에 취한 남자의 배 속에서 자기도 모르게 꼬르륵 소리가 났다.

"안녕하세요, 여행하시나 봐요?"

남자의 등 뒤에서 누군가 인사를 했다. 남자는 등을 돌려 그 사람을 보았다. 방앗간 주인이 문턱에 서 있다. 주인의 눈길에는 고되지만 정직하게 일하는 사람이 누리는 충만한 삶의 친근한 여유가 고스란히 드러났다.

"안녕하세요!"

남자는 화답했다.

"마침 딱 맞게 찾아오셨군요."

방앗간 주인이 환하게 웃었다. 그리고 말을 이었다.

"밀 수확하는 것을 도와주시겠어요? 이 농사를 지은 농부는 이미 이 세상 사람이 아닙니다. 제 물레방아는 고장이 났고요."

"안타깝지만 저는 지금 시간이 없습니다. 급하거든요."

"많은 경우 급한 탓에 시간이 없죠."

"정말 안 됩니다. 저는 신비로운 새를 따라가야만 합니다. 새는 선생의 음울한 농토를 이처럼 풍성한 밀밭으로 바꾸어놓았죠. 두 눈으로 보고도 믿을 수가 없습니다! 조금 전만 해도 헐벗은 농토였던 이곳이 이처럼 풍성한 밀밭으로 바뀌었으니까요. 저기 저 새가 보이시나요? 지금 밭 위를 맴돌며 날고 있군요. 분명 이내 다시 날아가버릴 겁니다. 제가 여기 너무 오래 머무르면 새를 놓치고 맙니다."

"살다 보면 누군가를 따라가는 것만으로 충분할 때가 있죠. 하지만 그런 다음에는 다시 자신의 길을 가야만 합니다. 자신의 길이 아닌 다른 사람의 길을 가고 있는 것은 아니신가요?"

"제 말을 이해하지 못하시는군요, 방앗간 주인. 저는 가야만 합니다!"

"이 밀은 흔히 보는 그런 밀이 아닙니다."

방앗간 주인이 이렇게 말하며 밭을 가리켰다.

"이 새는 흔히 보는 그런 새가 아닙니다."

"밀은 이제 몇 시간 뒤에 완전히 성숙합니다. 지금 수확해주지 않으면 올해 농사는 망치게 됩니다."

"고작 몇 시간 뒤에?"

"인생의 모든 것은 그만의 고유한 시간을 가지죠. 많은 것들은 대개 오직 한 번의 기회만 가집니다. 제때 이용하지 않는다면 영원히 잃게 되죠."

"바로 그래서 저는 새를 따라가야만 합니다."

"지금 보시는 것은 아주 특별한 밀입니다. 지금 수확하지 않는다면…….”

“제가 보기에는 그저 평범한 밀인데요.”

남자가 방앗간 주인의 말을 잘랐다.

“그런가요? 밀의 특별함을 알려면 인생의 다섯 가지 아로마를 알아야만 합니다.”

방앗간 주인이 말했다.

“인생의 다섯 가지 아로마요?”

“각각의 아로마를 알고 있는지는 당신이 지금껏 인생을 살며 어떤 결정을 내렸는지 하는 것에서 드러나죠. 당신이 인생을 얼마나 이해하는지 시험해볼까요? 제 물음에 하나라도 ‘예’ 하고 대답하시면, 보내드리죠. 그러나 ‘아니다’ 하고 대답하는 한, 당신은 이 밭에 남아 저를 도와야만 합니다. 동의하세요?”

“그래요, 좋습니다.”

방앗간 주인이 무엇을 하려는지 호기심이 생긴 남자는 이렇게 대답했다.

방앗간 안으로 사라졌던 주인은 잠시 뒤 낫 두 자루를 가지고 돌아왔다. 주인은 그 가운데 하나를 남자의 손에 쥐어주었다.

“이 낫으로 힘들이지 않고 밀을 벨 수 있을 겁니다.”

낫의 날은 사무라이의 검처럼 날카로웠다. 방앗간 주인은 밭으로 가서 밀을 베기 시작했다. 남자는 아무 말 없이 주인의 뒤를 따랐다. 두 사람은 단조로운 손놀림으로 밀 줄기를 베었다.

오랫동안 두 사람은 아무 말도 하지 않았다. 고된 일은 그 어떤 상념도 허락하지 않았다. 다행히 밀밭은 그리 크지 않았다. 해가 중천에서 약 세 뼘쯤 서쪽으로 움직였을 때 두 사람은 밀 수확을 마치고 단으로 묶어 수레로 실어날랐다.

방앗간 앞마당에 주인은 단을 내려놓았다. 그런 다음 칼로 조금 전에 단을 묶었던 끈을 잘라냈다. 그리고 이삭이 달린 줄기를 마당에 나란히 펼쳐놓았다.

"왜 물레방아를 고치지 않죠?"

남자가 물었다.

"일상적인 일에는 일상적인 행동이 필요하죠. 이례적인 일에는 이례적인 행동이 필요하고요."

주인이 이렇게 대답하며 얼굴에 묻은 까끄라기를 쓸어내렸다.

"자, 수확하는 걸 도와주셨으니, 약속을 지켜드리죠. 제가 묻는 물음들 가운데 단 하나라도 '예' 하고 대답하시면, 보내드리겠습니다."

"좋습니다."

남자가 대답했다.

"처음 만난 사람이 며칠을 두고 당신을 지켜본다고 가정해 봅시다. 그 사람은 당신의 행동을 보고 당신이 무엇을 중요하게 여기는지 알아낼 수 있을까요?"

주인이 물었다.

남자는 손으로 자신의 목덜미를 쓰다듬었다.

"아뇨, 알아낼 수 없을 겁니다."

남자는 이내 이렇게 대답했다.

"그럼 줄기에서 밀알을 털어내야 합니다."

주인은 이렇게 말하며 남자의 손에 도리깨를 쥐어주었다.

"이 작업을 우리는 에센스 털어내기라고 부릅니다."

남자는 그게 무슨 말인지 묻지 않고 주인이 시킨 일을 묵묵히 했다. 그는 자신이 무슨 일에 휘말린 것인지 분명하게 이해하지는 못했지만, 방앗간 주인의 독특한 성격에 호기심을 느꼈다. 그리고 인생의 아로마를 좀 더 많이 아는 것도 괜찮을 거라고 여겼다. 남자는 온 힘을 다해 줄기에서 밀알을 털어냈다. 처음에는 서툴러서 동작이 딱딱했지만, 갈수록 손놀림이 유연해지고 힘을 얻었다. 그동안 방앗간 주인은 쇠스랑으로 밀짚들을 걷어냈다. 마침내 주인이 이렇게 물었다.

"매일 당신이 하는 일을 스스로 주의 깊게 관찰한다면, 당신의 인생을 다른 사람에게 추천할 수 있으신가요?"

남자는 돌연한 질문에 놀라 잠시 생각에 잠긴 뒤 아니라고 대답했다.

"그럼 이곳을 깨끗이 정리하셔야 합니다."

방앗간 주인은 밀알과 겨와 까끄라기가 뒤섞인 것을 가리켰다.

"어떻게요?"

남자가 물었다.

"키질을 해야죠."

주인은 이렇게 말하며 남자에게 짚으로 짠 평평한 광주리를 건네줬다.

"저것들을 한 움큼 여기에 올리고 허공에 던지세요. 겨와 까끄라기는 밀알보다 가볍죠. 그것들은 바람에 날아가고 밀알만 광주리에 남을 겁니다. 우리는 이 키질을 에센스의 포착이라고 부르죠."

남자는 주인이 말한 대로 하며 광주리로 떨어지는 밀알을 받아냈다. 작업을 하는 동안 남자는 겨와 까끄라기를 수북하게 뒤집어썼다. 주인은 묵묵히 그런 남자의 모습을 지켜보았다.

"사람들은 누구나 한 번쯤 남의 인생을 살아보고 싶어 하지 않나요? 당신은 자신의 인생을 다른 사람에게 추천하시겠습니까?"

"아뇨, 제 인생은 누구에게도 추천하고 싶지 않습니다."

남자가 대답했다.

"자신의 인생을 추천할 수 없다는 것이야말로 서글픈 결산이죠."

주인이 말했다.

"무어라 말해야 좋을까요? 제가 젊었을 때 믿었던 모든 것이 세월이 흐르며 속절없이 깨어져버렸습니다. 마치 사람 발에 밟힌 달팽이집처럼."

"많은 경우 깨짐은 한순간의 일이죠."

주인이 말했다.

"지금 제 인생은 저 자신이 꿈꿔왔던 것이 아니라, 남의 인생 같아요."

"남의 인생은 어디까지나 남의 인생이죠. 그래도 뭔가 자신을 떠올리게 만드는 것이 당신의 인생에 반드시 있을 텐데요. 거울을 보면 무슨 생각을 하시나요?"

"별다른 것이 없죠."

남자는 한숨을 쉬었다.

"자, 이제 방앗간 안으로 들어가 밀알을 빻아 체로 쳐볼까요?"

"밀알을 빻아 체로 친다고요?"

"인생의 다섯 가지 아로마 가운데 이제 막 두 가지를 일러드렸잖아요. 세 가지가 더 있죠."

남자는 아무 말 없이 주인의 뒤를 따랐다.

*

두 사람은 방앗간 안으로 들어섰다. 커다란 탁자 위에는 쇠로 만든 절구통과 묵직한 절굿공이가 놓여 있었다. 그 옆에는 쳇구멍의 촘촘함이 다른 — 매우 성긴 것에서 아주 촘촘한 것까지 — 체 세 개가 보였다. 방앗간 주인은 절구통을 가리키며 말했다.

"이제 밀알을 빻아보세요."

남자는 체를 차례로 들어 손가락으로 그 쳇구멍을 면밀하게 살피고는 탁자 한 쪽 구석에 가지런히 내려놓았다. 그리고 광주리에 담긴 밀알을 한 줌 쥐어 절구통 안에 넣었다. 힘차고 규칙적인 동작으로 남자는 밀알을 절굿공이로 빻았다. 껍질의 한쪽 끝에 뾰족하게 달린 털이 빠르게 떨어져나갔다. 아직 완전히 빻아지지 않은 밀알이 매끈한 속껍질 안에서 반짝였다. 남자는 구멍이 가장 성긴 체로 밀알과 겉껍질을 분리했다. 즉, 밀알과 겉껍질이 섞인 것을 체에 넣고 규칙적으로 흔들었다. 밀알은 체에 그대로 남았으며, 잘게 부서진 겉껍질은 아래로 떨어져내렸다.

"에센스를 골라내는 체죠. 쓸모없는 쭉정이는 걸러지고 고유한 것, 진짜는 그 안에 남죠."

방앗간 주인이 말했다.

"진짜라……. 그렇게 간단하다면야."

남자는 이렇게 말하며 체에 남은 반짝이는 밀알을 다시 절구통에 넣었다.

"이 세상의 모든 고유한 것은 저마다 예술 작품이죠."

주인이 아련한 눈빛으로 말했다.

"용기만 가지면 됩니다. 계속 빻으세요. 다음 체의 이름은 용기입니다."

남자는 절굿공이로 힘차게 밀알을 빻았다. 알을 싸고 있던 속껍질이 으스러지며 밀의 하얀 속살이 드러났다. 이렇게 빻은 밀을 다시 체로 걸렀다. 남자는 손으로 밀을 살폈다.

"단호함이 돋보이는 용기였어요."

방앗간 주인이 미소를 지었다.

"이제는 뭐가 부족하다고 보시나요?"

주인이 물었다.

"믿음입니다."

"무엇에 대한?"

"나 자신에 대한!"

"믿음을 가지려면 버리고 놓을 줄 알아야 합니다. 근심하고 집착해서는 믿음이 생겨나지 않죠. 자신의 인생에 믿음을 선사할 줄 아는 사람은 마음의 평안을 얻습니다."

방앗간 주인은 빻아진 밀을 엄지와 검지로 비볐다. 끈끈한 밀가루 사이로 밀알의 눈이 드러났다.

"핵심에 가까이 다가갔군요."

주인이 중얼거렸다.

*

남자는 계속 빻았다. 절굿공이로 밀가루와 눈을 분리했다. 밀의 핵심인 배아가 묵직한 공이에도 부서지지 않는 것이 놀라웠다. 남자가 세 번째 체를 잡았을 때, 방앗간 주인이 말했다.

"마지막 체로군요. 이 체는 맑은 정신을 흔드는 모든 것을 걸러낼 정도로 섬세한 쳇구멍을 자랑합니다. 말하자면 평온함의 체라고 할까요?"

남자는 다시 체로 걸렀다. 고운 밀가루가 우수수 바닥에 떨어져내렸으며, 밀의 배아는 체 안에 남았다.

"배아를 자세히 살펴보세요. 비록 배아는 밀알의 극히 작은 부분을 이루지만 전체 생명의 기초를 품고 있습니다. 배아를 올바르게 쓸 줄 아는 사람은 자신의 생명력을 온전하게 펼쳐낼 수 있죠."

두 사람은 아무 말 없이 서로의 얼굴만 바라보았다.

"완전한 생명을 위한 궁극의 한 줌이죠."

방앗간 주인이 먼저 입을 열었다.

"배아를 손바닥 사이에 넣고 부드럽게 비벼보세요."

남자는 주인이 시키는 대로 했다. 손바닥 사이에서 배아가 톡 터지는 느낌이 전해졌다. 아주 고운 금빛 가루가 설탕가루처럼 손바닥 사이에서 흘러내렸다.

남자는 감탄한 표정으로 금빛 가루를 엄지와 검지로 비볐다. 순간 그는 반짝이는 가루 사이로 자신의 모습이 비쳤다고 믿었다. 지친 표정에 텅 빈 눈빛의 자신이 보였다. 도대체 내 꿈에서 남은 것은 무엇일까? 나는 온전한 나 자신인가? 그는 속으로 이렇게 자문했다.

이제 방앗간 주인은 자신의 바지 호주머니에서 작은 가죽 주머니를 꺼냈다. 그리고 바닥에 떨어진 금빛 가루를 손으로 모아 그 주머니 안에 담았다. 주인은 남자에게 주머니를 건넸다.

"해야 할 일이 많습니다. 이 가루는 당신이 내면 깊숙이 간절하게 갈망하는 바로 그 사람이 되기 위해 필요한 아로마를 담고 있습니다. 인생이 입은 옷가지가 남루해 보인다 할지라도 당신은 그 안에서 간절히 되기 원하는 당신의 참모습을 찾을 수 있을 겁니다. 가세요, 당신의 탐색을 계속하세요!"

주인은 문을 열어주고 남자의 어깨를 다독였다. 목례로 작별 인사를 한 남자는 방앗간을 떠나 자신의 길을 갔다. 비록 새를 시야에서 놓치기는 했지만, 자신의 자아에 가까워졌다는 느낌이 들었다. 그는 단호한 발걸음으로 길을 재촉했다.

4

어느 덧 해가 저물었다. 먼 길을 걸은 것보다 오늘 겪은 일들로 남자는 더 피로를 느꼈다. 끝없이 이어지는 상념의 바다에 잠긴 채 남자는 피로가 엄습하는 것을 감지했다.

방앗간을 떠나고 이미 꽤 먼 길을 걸었다. 그러나 어디에도 새의 흔적은 보이지 않는다. 그래도 남자는 희망을 버리지 않았다. 오히려 든든한 용기로 가슴이 뿌듯했다. 새를 찾아낼 수 있으리라. 어쨌거나 지금 바지 호주머니에는 생명력으로 충만한 금빛 가루가 든 주머니가 있지 않은가?

방앗간 주인의 말을 차분하게 귀담아들은 것은 잘한 일이다. 주인은 남자에게 길을 떠날 마법의 힘을 불어넣어주었을 뿐만 아니라, 많은 가르침도 주었다. 주인은 세상을 다른 누구도 아닌 자신의 눈으로 주의 깊게 보라고 가르쳤다. 앞으로 충분히 주의를 기울이기만 한다면 새는 반드시 찾아낼 수 있으리라. 남자는 자신했다.

남자는 그동안 많은 갈림길을 지나쳐왔다. 그때마다 봄의 기운을 읽어내려 주의 깊게 살폈다. 봄이 흔적을 남긴 길을 따라가야만 한다는 사실을 잘 알고 있었기 때문이다. 겨울잠을 이기고 봉우리를 틔운 꽃의 흔적이 있는 곳이면 저 신비한 새가 지나갔음에 틀림없다.

자신감을 가지고 남자는 계속 걸었다. 날은 갈수록 어두워졌고 생각에 잠긴 남자는 길을 알아볼 주의력을 조금씩 잃기 시작했다. 얼마 뒤 남자는 자신이 냉혹한 한기를 발산하는 밤기운으로 뒤덮인 벌판 한복판에 서 있음을 깨달았다. 숲과 덤불과 벌판은 차가운 서리로 덮인 채 굳어 있었다. 다시 겨울이다. 더할 수 없이 추운 겨울의 한복판이다. 이 길이 새가 날아간 길일 수는 없다!

길을 잃은 게 분명하다. 그러나 어디서? 언제? 그 어느 갈림길에서 길을 잘못 접어든 게 틀림없다. 날씨가 점점 더 추워지는 것을 깨닫지 못한 채. 그럼 이제 어떻게 한다? 온 길을 고스란히 되짚어간다? 벌써 몇 시간째 걸었는지 가늠도 잘 되지 않는데? 이미 너무 많은 힘과 시간을 소비했다. 지금 돌아선다면 모든 것이 헛수고가 되고 만다. 남자는 그 먼 길을 무의미하게 걸어왔다는 느낌을 참을 수가 없었다. 그래서 계속 같은 방향으로 걷기로 결심했다. 언젠가 다시 갈림길을 만나면 봄으로 이끄는 방향을 찾아낼 수 있겠지. 남자는 계속 걸었다.

한 시간쯤 지나자 밤은 하늘에 남은 마지막 빛마저도 꿀꺽 삼켜버렸다. 칠흑 같은 어둠 속에서 남자는 간신히 길을 찾아가며 걸었다. 걸핏하면 돌부리나 나무 등걸에 발이 걸리는 바람에 남자는 몇 번이나 주저앉았다. 한번은 곧장 나무와 부딪치는 바람에 사태가 난 것처럼 쏟아지는 눈덩이를 고스란히 뒤집어써야만 했다. 남자는 머릿속의 맥박이 불끈거리는 것을 느꼈다. 그때마다 찌르는 듯한 통증에 이를 악물었다.

다시금 잠잘 곳을 찾아야 했다. 추위도 추위지만 허기부터 달래야 했다. 갈증을 이기려 남자는 손으로 눈을 뭉쳐 입에 넣고 녹여 먹었다. 추위는 발목을 타고 올라왔다.

갑자기 길이 막혀버렸다. 사방을 더듬어보아도 덤불이나 나뭇가지 같은 것들만 만져졌다. 이럴 수는 없다. 그 먼 길을 걸어온 게 헛수고라니! 남자는 어처구니가 없어 자기 자신을 두고 욕설을 퍼부었다. 그러나 눈이 그의 소리를 삼켜버렸다. 이제는 달리 어쩔 도리가 없다. 돌아가는 수밖에. 그 먼 길을 고스란히. 모든 것이 헛수고였다. 그 모든 귀중한 시간을 허비하기만 했다.

남자는 메고 있던 배낭을 바닥에 내려놓고 그 위에 털썩 주저앉았다. 그리고 바지 호주머니에서 금빛 가루가 든 가죽 주머니를 꺼냈다. 엄지와 검지로 가루를 약간 집어 다른 손에 흘러내리게 하면서 남자는 문득 깨달았다. 지금껏 인생에서 무엇을 잘못해왔는지. 항상 편해 보이는 방향만 골랐다.

다른 사람이 세운 이정표만 따라가며 다른 이의 발자취가 남아 있는 길만 걸었다. 그리고 최악의 사실은 지금껏 그런 삶의 태도를 단 한 번도 바로잡지 않았다는 것이다. 길을 잘못 접어든 것이 분명해도 계속 같은 방향으로 걷기만 했다. 아무런 목표도 없이 몇 날 며칠을 허송하며 그저 언젠가는 모든 것이 저절로 좋은 쪽으로 풀리겠지 하는 허튼 기대에만 매달렸다. 다른 관점은 한사코 외면하면서 기존의 것에만 매달렸다. 용기를 내어 방향을 바꿀 생각은 꿈에도 하지 않고 잘못된 길에만 충실해왔다. 그래서 그의 인생은 미로 안에서 헤매며 빠져나오지 못했다.

한동안 남자는 배낭 위에 걸터앉은 채로 덜덜 떨었다. 마침내 달이 떠올라 눈 덮인 벌판을 비추었다. 남자가 새로 방향을 잡기에 충분한 빛이었다. 남자는 메모장을 꺼내 지금까지 걸어온 길을 가능한 한 정확히 그리려 애썼다. 그런 다음 자리에서 일어나 금빛 가루가 든 주머니를 한쪽 바지 호주머니에, 메모장을 다른 쪽 바지 호주머니에 넣고 배낭을 멘 다음, 돌아가기 시작했다.

남자는 밤새 걸었다. 마침내 전날 저녁 간과한 게 틀림없는 갈림길에 도달했다. 남자는 너무나 지친 나머지 발에 생긴 물집조차 느낄 수가 없었다.

남자는 단호하게 지금과는 다른 방향에 있는 길로 접어들었다. 얼마쯤 걷자 기온이 확연히 따뜻해졌다. 왼쪽과 오른쪽의 지평선에 마치 붓으로 그린 듯한 부드러운 능선이 보였다. 잔설은 주로 봉우리와, 능선이 만든 그늘에만 남아 있었다. 맑은 하늘이 얼어붙은 웅덩이에 고스란히 비쳤다. 눈 녹은 물이 땅속으로 흐르며 쫄쫄거리는 소리가 들려왔다.

길에 남은 눈은 갈수록 줄어들었다. 이내 눈이라고는 보이지 않는 풍경이 펼쳐졌다. 첫 햇살이 숲의 이파리들을 비추며 감귤처럼 노란색으로 물들였다. 사프란이 흙에서 고개를 내밀었고, 밤나무에서 밤송이가 바닥에 떨어져 탁탁 터지는 소리가 났다. 이것은 봄이 아니라, 가을이다. 시간을 되짚어 올라간 걸까?

"반대 방향으로 가더라도 목표에 도착하기만 하면 돼."

남자는 이렇게 중얼거렸다.

밝은 날은 말간 낮빛을 자랑했다. 툭 터진 광경에 남자는 속이 다 시원해지는 기분을 맛보았다. 가벼운 걸음으로 걷던 남자는 길가에 마련된 벤치를 발견했다. 남자는 벤치에 걸터앉아 지친 발을 쉬었다. 그리고 메모장을 꺼내 다시금 기억나는 대로 정확히 길을 그려넣었다. 메모장을 덮은 남자는 눈을 들어 자신 앞에 펼쳐진 길을 바라보았다. 방향을 바꿔 여행을 계속할 가능성을 잡아낸 것이 다행스럽게 여겨졌다.

길이 막혀 더는 앞으로 나아갈 수 없다고 믿는다면, 등을 돌려 어느 쪽으로 길이 열렸는지 살펴보아야 한다. 완전히 막혀버려 더는 아무런 가능성도 없는 상황은 인생에서 절대 있을 수 없다. 남자는 이렇게 생각하며 눈을 감았다.

피부에 와닿는 가을 햇살이 따뜻했다. 갑자기 간지러움이 느껴졌다. 살펴보니 개미 한 마리가 손등을 타고 기어오른다. 문득 남자는 어린 시절 할아버지가 들려준 우화 한 편이 떠올랐다.

6

옛날에 개미 한 마리가 동료들을 따라 숲을 가로질러갔다. 갑자기 커다란 나무의 맨 아래 나뭇가지가 부러지며 살벌한 힘으로 바닥을 내리쳤다. 그 엄청난 기세에 무리의 대부분이 나뭇가지 밑에 깔리고 말았다. 그 사고에서 살아남은 개미는 고작 몇 마리뿐이었다. 놀란 개미는 죽을힘을 다해 달렸다. 다른 살아남은 개미들은 함께 모여 방향을 새로 잡으려 한 반면, 주인공 개미는 자신의 운명으로부터 가능한 한 멀리 달아나려 했다. 헐레벌떡 달린 개미는 어떤 농부의 신발 안으로 숨어들었다. 이렇게 해서 개미는 농부와 함께 숲을 빠져나와 농가에 오게 되었다. 마침내 신발에서 빠져나온 개미는 외양간 한복판에 서서 지금껏 자신이 살아온 풍경과 전혀 다른 풍경에 얼이 나가고 말았다. 완전히 홀로 버려진 느낌을 개미는 견딜 수가 없었다.

저녁이 되자 개미는 동료들이 너무나도 그리운 나머지 암소에게 물었다.

"친구들을 찾고 있는데 어디 있는지 너는 아니?"

암소는 개미를 굽어보며 이렇게 말했다.

"너는 작아서 친구들을 찾을 수가 없을 거야. 나처럼 몸집이 커야 찾을 수 있어. 나는 덩치가 커서 어디서 무슨 일이 일어나는지 훨씬 더 잘 살펴볼 수 있지. 이리 와서 내 등으로 올라오렴. 그럼 너는 친구들을 찾을 수 있을 거야."

이렇게 해서 며칠이 헛되이 흘렀다. 개미가 친구들을 찾느라 꼬리에서 머리까지 부지런히 오가는 동안 암소는 기분 좋은 간지러움을 즐겼다. 며칠 뒤 무리를 다시 찾아내는 데 전혀 도움이 되지 않는다는 것을 깨달은 개미는 암소에게서 기어내려와 외양간을 빠져나와 마당을 가로지르다가 말 한 마리와 맞닥뜨렸다.

"혹시 너는 어떻게 하면 내 친구들을 다시 찾을 수 있는지 아니?"

개미는 말에게 물었다.

말은 고개를 끄덕였다.

"암소처럼 굴면 너는 네 친구들을 절대 찾아낼 수 없어. 너는 말을 닮을 필요가 있어. 우리는 아주 우아해서 매일 벌판을 달리며 암소보다 훨씬 더 많은 것을 보지. 네가 나와 같다면 원하는 것을 금방 찾을 수 있을 거야. 올라와서 내 귀 안에 앉아 있으렴. 귓속을 조금만 긁어주면 충분해. 그럼 네가 원하는 것을 이내 찾을 수 있을 거야."

말의 귀에 올라탄 개미는 매일 벌판을 달리며 살펴보았지만 친구들을 찾을 수가 없었다. 마침내 이것도 올바른 길이 아니라는 걸 깨달은 개미는 말에게서 기어내려와 터덜거리며 들판으로 갔다.

몇 시간을 헤맨 끝에 개미는 여우와 마주쳤다.

"나는 친구들을 찾고 있어. 어떻게 하면 찾을 수 있는지 너는 아니?"

개미는 여우에게 물었다.

"말의 귓속에서는 절대 찾을 수 없어. 너는 나처럼 영리해야만 해. 그럼 네가 원하는 것을 찾을 수 있어. 내 털가죽 위로 올라와 약간만 간질여줄래? 나와 함께 여우처럼 살아보렴. 그럼 너에게 부족한 것을 누릴 수 있을 거야."

개미는 냉큼 여우의 털가죽으로 기어올라가 그와 함께 숲을 누비고 다녔다. 여우는 기분 좋게 간질여주는 개미의 서비스를 마음껏 즐겼다. 그렇지만 개미는 자신의 무리를 발견하지 못했다.

해가 이미 숲 뒤로 사라져버린 저녁, 여우는 덜컥 덫에 걸리고 말았다. 여우는 버둥거리며 벗어나려 안간힘을 썼지만 허사였다. 꼼짝없이 사로잡히고 말았다. 쇠 덫의 날카로운 이빨에 깊은 상처를 입은 여우는 잠시 뒤 몹시 고통스럽게 죽고 말았다.

그럼 개미는? 개미는 여우 털가죽 안에 앉은 채 꼼짝도 하지 않았다.

다음 날 아침 독수리 한 마리가 유유히 하늘을 맴돌았다. 독수리는 멀리서 먹잇감, 즉 죽은 여우를 발견했다. 슬픔에 잠긴 개미를 본 독수리는 동정심을 느껴 이렇게 물었다.

"너는 왜 여우 털가죽 속에 앉아 그렇게 울상을 짓고 있니?"

"꼼짝도 할 수 없어."

개미가 말했다.

"뭐라고, 꼼짝도 할 수 없다고?"

"네가 보는 것처럼 나는 덫에 걸렸잖아!"

독수리는 어처구니가 없어 껄껄 웃었다.

"네가 덫에 걸린 건 아니지. 여우가 걸렸을 뿐이야. 너는 그냥 여우 털가죽 속에 앉아 있잖아. 개미답게 거기서 기어 나와."

고향을 찾을 수 없다는 절망으로 무력감에 빠진 개미는 다른 동물과 다니면서 자신이 진짜 누구인지 완전히 잊어버리고 말았다. '나는 개미가 아닌가!' 곧장 활기를 되찾은 개미는 여우에게서 기어내려와 풀숲으로 돌아왔다. 개미는 지혜로워 보이는 독수리를 우러러보았다.

"너는 혹시 내 친구들을 어떻게 하면 찾을 수 있는지 아니?"

독수리는 다시 웃음을 터뜨렸다.

"독수리가 개미들이 어디 모이는지 어떻게 아니? 개미는 너잖아. 너 스스로 얼마든지 알아낼 수 있어. 너의 진짜 모습을 회복해. 개미답게 굴어! 그럼 네가 원하는 것을 찾을 수 있을 거야. 너 자신 안에서 들리는 소리에 귀를 기울이면 너는 네 본모습을 회복할 수 있을 거야. 행운을 빈다!"

말을 마친 독수리는 여우를 맛나게 먹어치웠다.

"나는 개미로구나!"

개미는 기쁨에 들떠 외쳤다. 자신감을 회복한 개미는 이내 냄새를 맡을 줄 아는 자신의 본래 감각을 회복해 올바른 방향을 잡을 수 있었다. 어떻게 이런 감각을 잃어버렸던 걸까! 불과 몇 시간 만에 개미는 마침내 집에 도착했다.

7

남자는 너무 지친 나머지 벤치에서 그대로 잠이 들었다. 깨어난 남자는 머릿속에 주마등처럼 펼쳐지는 우화의 장면들을 곱씹어보았다. 손을 뻗으면 잡힐 것만 같은 생생한 꿈이었다.

해는 하늘 높이 걸렸으며, 공기는 유난히 건조하다. 하늘은 눈이 부실 정도로 푸르다. 날씨는 따스하다. 나뭇잎들은 용암처럼 붉은색이다. 나무와 풀 들의 수액은 줄기와 뿌리로 움츠러들었다. 가벼운 산들바람 속에서 낙엽의 향기가 춤을 춘다. 남자는 신선한 가을 공기를 마음껏 들이마셨다. 어제부터 아무것도 먹지 못했음에도 남자는 다시 길을 갈 힘이 충만함을 느꼈다. 벤치를 박차고 일어난 남자는 걸음을 서둘렀다.

길을 따라가보니 호숫가에 이르렀다. 호수는 무척 커서 멀리 반대편 호숫가가 아스라하게 보였다. 호숫가를 따라 구불구불 이어지는 길은 찰랑거리는 물결로 살포시 젖은 자태를 자랑했다. 남자는 수면에 비친 부드러운 능선을 아련한 눈길로 바라보았다.

멀리서 남자는 호숫가에 세워둔 작은 배 한 척을 발견했다. 가까이 다가가보니 제복을 입은 젊은이가 돛대를 단 운반선을 갈대밭에서 빼어내려 안간힘을 쓰고 있었다.

"도와줄까요?"

남자는 젊은 사공에게 소리쳐 물었다.

"아이고, 도와주신다면야! 배를 이 갈대밭에서 끌어내려고 벌써 몇 시간째 이러고 있답니다."

남자는 배가 있는 쪽을 향해 달려내려갔다.

사공은 큰 키에 깡마른 몸집이었다. 아직 젊은 나이였음에도 이마가 시원하게 벗겨졌다. 몇 가닥 남지 않은 머리카락의 색깔은 마치 톱으로 썰어놓은 너도밤나무의 속처럼 빨갰다. 단춧구멍 같은 눈은 반감을 불러일으키지는 않았지만 대체 어디를 보고 있는지 알아보기 힘들었다. 키가 큰데도 사공의 몸은 허리춤 이상이 물에 잠겨 있었다. 물결이 제복 상의의 장식에 부딪치는 모습이 흡사 개가 이빨을 드러내고 물어뜯는 것 같았다.

"좌초한 사공? 참 드문 광경이구려!"

남자는 신발을 신은 채 차가운 물속으로 뛰어들었다. 차갑기는 했지만 시원한 물은 남자의 발에 청량음료와 같았다.

"저도 무어라 설명할 수가 없군요. 북쪽 호숫가에서 출발한 저는 반대편 남쪽의 호숫가로 가려 했죠. 경험이 없는 사람이라도 어려운 일이 아니죠. 그리고 저는 훈련을 제대로 받은 선장입니다! 밤새 철저하게 나침반에 따라 운항했죠. 그런데 날이 밝은 뒤에 보니 분명 남쪽을 향해 조종했는데도 서쪽 호숫가에 도착했더군요. 하필 이번에는 값비싼 짐을 실었습니다. 시청의 지붕을 씌울 동판이죠."

"배가 파손되어 구멍이 났나?"

"다행히도 아닙니다. 저는 호숫가에 좌초했습니다. 수심이 낮아 배 밑바닥이 바위에 부딪혔습니다. 엎친 데 덮친 격으로 이 수초들이 배를 휘감아버렸어요."

"아무튼 서쪽으로 왔다는 것이 기묘하군."

두 사람은 힘을 모아 배를 호수 쪽으로 몇 미터 밀었다. 그러나 수초와 갈대는 배를 좀체 풀어주려 하지 않았다.

"자네 사공 노릇은 오래 했나?"

"몇 달 됐습니다."

"이번 뱃길에 무슨 문제가 있었나?"

"문제요?"

"예상치 못한 일."

"그냥 이 망할 나침반이 제대로 작동하지 않았다는 것밖에는."

"그럼 날씨는?"

"바람 때문에 놀랐습니다. 예상치 못한 동풍이 불었으니까요. 처음에는 그저 가벼운 산들바람이었는데, 얼마 지나지 않아 본격적으로 강한 돌풍이 되더군요."

"동풍이 이따금 불기는 했던 모양이네."

"이따금요."

"그럼 자네는 이 뱃길에 예상치 못한 풍향은 계산에 넣지 않았나?"

"무슨 말씀이시죠?"

"항로를 수정하지 않았느냐고, 이를테면 남동쪽으로."

"예."

사공은 어깨를 으쓱하며 겸연쩍은 표정을 지었다.

"남쪽으로 가려 하는데 동풍이 불었다면, 남동쪽으로 방향을 잡아야 서쪽으로 가지 않지. 이런 건 배우지 않았던 모양이군?"

물에 흠씬 젖은 제복의 젊은 선장은 벌게진 얼굴로 아무 말도 하지 못했다.

곧 두 사람은 작은 운반선을 수초에서 풀어냈다. 이제 두 사람은 조종실에 나란히 앉았다. 돛이 바람을 받자 배는 미끄러지듯 나아갔다. 두 사람 모두 신발을 벗었다. 양말은 난간에 걸어두었다. 가을 햇살이 두 남자의 종아리를 따뜻하게 어루만졌다.

"도와주셔서 고맙습니다."

젊은 선장은 이렇게 말하며 자신의 봇짐에서 빵을 하나 꺼내 남자에게 건넸다. 남자는 반색을 하며 빵을 받아들었다.

"저와 함께 배를 타시겠어요? 선생님은 뱃길을 읽는 감각이 뛰어나십니다."

"글쎄, 과연 그럴까?"

지금껏 방향을 잃고 헤매며 살아온 인생이 쓰러진 나무처럼 가슴을 짓누르는 느낌이 들어 남자는 나직하게 중얼거렸다.

돛을 활짝 펼친 배는 호숫가와 일정 거리를 유지한 채 미끄러지듯 나아갔다.

몇 시간이 지나자 바지와 양말과 신발이 보송보송하게 말랐다. 잔잔한 호수 위를 미끄러지듯 나아가니 기분 좋은 해방감이 느껴졌다. 남자는 셔츠 안으로 파고드는 바람을 즐겼다. 머리카락을 휘날리게 만드는 바람은 그의 무거운 마음마저 풀어주었다.

두 사람은 정확히 남쪽으로 방향을 잡고 운항을 계속했다.

"나도 길을 잃고 헤맸지."

한동안 침묵한 끝에 남자가 말했다.

"선생님을 헤매게 만든 것도 바람이었나요?"

젊은 선장이 돛을 조종하며 물었다.

"그렇게 말할 수도 있겠군. 인생의 바람. 피할 수 없이 폭풍에 사로잡혔다고나 할까? 나를 사로잡은 바람은 내 인생을 헤집어놓고 내가 전혀 있고 싶어 하지 않았던 곳에 버려두고 말았어."

8

배는 거친 물살을 타고 나아갔다. 배는 이따금 빨랫줄에 빨래를 너는 여인과 밭을 가는 농부가 보일 정도로 호숫가로 가까이 가기도 했고, 마을의 집들이 흐릿하게 보일 정도로 다시 호숫가와 멀어지기도 했다.

한동안 묵묵히 침묵을 지키던 남자가 드디어 입을 열었다.

"배에는 선원이 한 명도 없는데 자네는 왜 제복을 입고 있나?"

"저는 선장이니까요."

"부하 한 명 없는 선장?"

"선장은 제복을 갖춰 입어야만 합니다."

"자네는 왜 선장이 되었나?"

"아버지의 꿈이었죠. 아버지는 항상 제가 선장이 되길 원하셨어요."

"그럼 자네는?"

"저는 꿈이 없었어요."

"무슨 소리야? 꿈이 없는 사람이 어디 있나? 꿈은 우리가 태어날 때부터 받은 선물이지. 누구나 자신의 꿈을 가지고 세상에 태어나니까. 아마도 자네는 꿈을 기억하지 못하는 모양이군. 그런 점에서는 나하고 비슷하네."

"저는 꿈을 단 한 번도 진지하게 고민해본 적이 없습니다. 아버지의 희망을 지켜드리는 것이 가장 중요하다고 여겼으니까요. 또 달리 무슨 일을 해야 할지 정말 아무 생각이 없었어요. 아버지는 항상 저를 지원해주셨죠. 나이가 차서 선장 교육을 받았죠. 꼭 10년이 걸렸습니다. 면허를 딴 건 넉 달 전입니다."

"이처럼 큰 호수를 운항하는 건 참 멋진 일이지. 그런데 선장 교육을 받는 데 10년이나 걸리는 줄은 몰랐네."

"원래 그렇게 오래 걸리지는 않아요. 제가 오래 걸렸을 뿐이죠. 처음으로 배에 올라 조종해야만 했을 때 배 속이 부글거리더군요. 특히 바람이 본격적으로 불 때 그랬습니다. 아버지는 조금만 참으면 괜찮아진다고 하셨죠. 그러나 저는 그런 느낌을 떨칠 수가 없었어요. 그래서 계속해서 교육을 미루고 또 미루었죠. 지금도 저는 기꺼운 마음으로 배를 타지는 않습니다. 다만 시험에 합격해 목표를 이루었으니 그냥 탈 뿐이죠. 게다가 제가 교육받은 선장이라고 하면 모두 놀란 눈으로 저를 바라봅니다. 바로 이 제복을 보는 거죠!"

"음, 제복."

남자는 이렇게 말하고 한동안 뜸을 들였다.

"나는 인생이 우리를 바꾸어놓는다고 생각해. 그리고 흔히 세월이 흐르고 나서야 원래 목적이 우리에게 전혀 맞지 않는다는 것을 알아차리지. 아마도 전혀 맞지 않는 목적이었거나, 또는 더는 맞지 않는 목적이라고 말이야."

남자는 하늘을 올려다보았다.

"아마도 자네는 새로운 목적이 필요할 걸세, 젊은이."

"새로운 목적요?"

"자네의 고유한 목적. 오늘날 자네의 모습에 맞는 목적이랄까? 지금까지의 경험으로 미루어보아 자네에게 무엇이 좋지 않았는지 곰곰이 생각해보며 자네 자신이 진정으로 갈망하는 꿈을 찾아야 하지 않을까?"

젊은 선장은 침묵했다.

"배를 타는 것보다 자네를 더 행복하게 만들어줄 무엇인가 있지 않을까?"

"저는 잘 모르겠습니다. 그래서 선장으로 남아 있습니다."

젊은 선장은 머리를 긁적였다.

"알겠네. 원치 않는 것이 무엇인지 알아내기는 쉬워도, 자신이 정작 누구인지, 진정 원하는 것이 무엇인지 알아내기란 어려운 일이지. 인생이라는 바다에 본격적으로 뛰어들어 그 안에서 익사하지 않고 마음껏 누빌 자신에게 딱 맞는 곳을 찾아내려면 용기와 지구력이 필요하지."

"그런 곳을 찾으시는 모양이죠?"

"찾으러 길을 떠났다고 할까?"

"그럼 무얼 찾을 거라고 생각하세요?"

"봄!"

남자는 문득 이렇게 말하고는 자신도 놀랐다.

"봄요? 봄을 찾으러 그 먼 길을 걸으셨다고요? 왜 봄이 올 때까지 그냥 집에서 기다리시지 않고요?"

"좋은 인생은 그냥 찾아오지 않으니까."

남자가 말했다.

9

"아마도 모든 실패는 잘못된 것의 끝이고 올바른 무엇인가의 시작일 거야."

남자는 이렇게 말하고는 자신의 이런 깨달음에 흠칫 놀랐다. 남자는 가느다랗게 뜬 눈으로 햇살을 받아 반짝이는 수면을 바라보았다. 갑자기 물고기 한 마리가 뛰어오르더니 멋들어지게 회전하고는 다시 물속으로 들어갔다. 한동안 물고기의 상념에 젖었던 남자는 다시 젊은 선장을 보았다.

"이야기 한 편 들려줄까?"

젊은 선장은 귀를 기울였다.

"옛날에 어떤 노인은 물고기 두 마리를 욕조에서 키웠어. 유리로 만든 어항은 너무 비좁아 물고기들이 자유롭게 헤엄칠 수 없다고 생각했거든. 물고기들은 노인에게 무척 고마워했지. 그러다가 물고기들은 욕조도 너무 좁다고 느꼈어. 그래서 노인에게 더 넓은 곳이 없을지 물었지. 노인은 고민했어.

방법은 두 가지였어. 하나는 마을의 연못이고, 또 하나는 좀 떨어진 이웃 마을을 가로질러 흐르는 강이었지. 노인은 조심스레 물고기 두 마리를 양동이에 담아 데리고 가서 연못과 강을 보여주었어. 그리고 어디서 살고 싶은지 물었지.

한 마리는 이렇게 대답했어. '연못요! 저는 어려서부터 연못에서 살고 싶었어요.' 연못은 노인의 집과 가까운 곳이라 노인이 익히 아는 곳이었어. 게다가 연못은 장소가 바뀌는 일이 없지. 노인도 매일 물고기들을 돌봐줄 수 있는 연못이 마음에 들었어. 다른 물고기는 지금껏 어찌 살아야 좋을지 단 한 번도 생각해본 적이 없어서 그냥 친구를 따르기로 했어.

노인은 물고기들의 바람대로 물고기들을 연못에 풀어주었어. 물고기들은 하루가 다르게 무럭무럭 자랐지. 그러다 보니 언제부터인가 연못에 있는 먹이는 두 마리가 충분히 먹기에 모자랐어. 그러자 늘 연못에서 살고 싶어 했던 물고기가 친구를 윽박질렀어. '연못은 우리 둘 가운데 하나만 살 수 있는 곳이야. 언제나 여기서 살고 싶어 했던 쪽은 나니까, 너는 좀 사라져줄래?'

밀려난 물고기는 싸울 생각은 하지 않았어. 돌연 그는 모든 것, 친구, 환경, 지금까지의 삶이 야속하고 한심하게만 여겨졌지. 어지러운 마음으로 물고기는 연못을 빠져나가 새롭고 올바른 삶으로 나아갈 곳을 찾았어. 연못과 맞닿은 시냇물로 빠져나간 물고기는 생소하기만 한 주변에 겁에 질려 헤매던 끝에 마침내 강에 이르렀어. 강물 속에서 물고기는 방향 감각을 완전히 잃고 말았지. 모든 일이 처음 겪는 일이라 힘들고 괴롭기만 했어. 강은 깊고 넓었어. 물살은 여기저기서 소용돌이를 만들며 휘몰아치다가 어딘가에서 막힌 듯싶더니 다시 빠르게 흘렀어. 변화무쌍한 물살에 물고기는 얼이 나갈 지경이었지. 강바닥도 같은 곳이라고는 찾아볼 수 없을 정도로 달라서 어디가 어딘지 가늠할 수 없었어. 믿고 기댈 곳이라고는 아무것도 찾을 수 없는 물고기는 그냥 물살 가는 대로 떠내려갔어.

반대로 연못의 물고기는 마침내 원하는 목적을 이루었다고 의기양양해했어. 마침내 연못을 독차지했으니까. 매일 여유롭게 맴돌며 익숙한 환경을 즐겼어.

몇 달 뒤 노인은 물고기들을 살피려고 연못을 찾아왔어. 연못에 한 마리만 남은 것을 본 노인은 놀라며, 남은 녀석에게 연못에서 행복한지, 혹시 강에서 살고 싶지는 않은지 물었어. 연못의 물고기는 늘 같은 것만 보아 단조롭기는 하지만, 자신은 항상 연못에서 살고 싶어 했으니 이곳이야말로 자신에게 딱 맞는 곳이라고 대답했어. 기꺼이 연못에 남겠다고 물고기는 대답했지. 노인은 만족해하는 물고기를 보며 흡족한 마음으로 멀리 여행을 떠났어.

연못은 점차 끈끈한 막으로 덮이기 시작했어. 몇 주째 비라고는 내리지 않아 신선한 물을 대주던 시내가 말라붙어버렸거든. 고인 물은 하루가 다르게 탁해졌지.

반대로 생동감을 자랑하는 강은 늘 다른 풍경을 지나 힘차게 흘러갔어. 물고기도 생기를 완전히 회복했지. 점차 새로운 환경에 익숙해진 물고기는 능숙하게 방향을 잡아가며 강물 속의 생활을 즐기는 법을 배웠어. 강에는 무엇보다도 끊임없는 운동이 있어서 좋았어. 강에서 바라보는 세계는 항상 다른 모습을 자랑했지. 강은 매일 새 지역을 보여주었으며, 이로써 물고기에게 늘 새로운 관점을 열어주었어. 물고기는 어떤 곳이 마음에 들지 않으면 훌쩍 그곳을 떠나 다시 좋은 느낌을 주는 곳으로 찾아갔어. 물고기는 강이 선물해주는 자유를 만끽했지.

연못에는 변화라고는 없었어. 물, 그 안의 생물 그리고 환경은 늘 똑같았어. 결국 썩기 시작한 물은 악취를 풍겼지.

여행에서 돌아온 노인은 물고기가 궁금해 연못을 찾았어. 노인의 눈에 들어온 것은 생명을 잃고 배를 하늘로 향한 채 둥둥 떠 있는 물고기였어.

그러나 강에서 사는 물고기는 오랜 세월 동안 흥미진진한 삶을 살았지. 매일 새로운 것을 보며 세상의 기적을 두 눈으로 확인했어."

두 사람은 한동안 침묵했다. 마침내 젊은 선장이 입을 열었다.

"아마 저도 제대로 된 인생을 살 곳을 찾아나서야 할 것 같군요."

"아마도."

남자는 이렇게 말하며 과거가 자신의 상념에 드리운 끈끈한 막, 질식할 것만 같은 탁함을 걷어냈다.

10

오후 늦게 두 사람은 남쪽 작은 도시의 포구에 도착했다. 그곳에서는 이미 시청에서 나온 사람들이 기다리고 있었다. 대략 열두 명의 남자들은 동판을 받아 옮기려고 아침부터 배를 기다린 탓에 초조했던 나머지 짜증부터 냈다. 젊은 선장은 늦게 온 것을 정중하게 사과했다. 그런 다음 바지 호주머니에서 주머니칼을 꺼내 그 값비싼 화물을 덮은 천을 묶었던 끈을 끊었다. 오후의 햇살을 받아 번쩍이는 동판을 본 시청 사람들의 노여움은 이내 사라졌다.

남자는 내심 봄의 새를 어디선가 다시 찾을 수 있기만 간절히 바랐다. 남자의 눈길은 교회 탑과 집들의 지붕과 정박한 배의 돛대들을 차례로 살폈으나 그 어디에도 새의 흔적은 없었다. 어째 이상하기만 했다. 날씨는 온화했으며 봄의 기운이 분명하게 느껴졌다. 남자는 적어도 그렇게 믿었다. 이내 새를 찾을 수 있을 거라고 남자는 자신을 다독였다.

*

짐은 남김없이 내려졌다. 이제 작별의 시간이다. 두 남자의 눈은 무어라 설명하기 힘든 감상에 젖었다.

"저도 강으로 뛰어들어야겠어요."

젊은 선장은 단호한 눈빛으로 말했다.

"계속 선장으로 남아 있는 건 강을 억지로 멈추게 하려는 것과 같아."

남자가 말했다.

그런 다음 두 남자는 힘차게 악수를 하고 포옹한 뒤에 서로 다른 방향으로 갔다.

11

새의 흔적은 어디에도 보이지 않았다. 봄기운이 느껴지지 않는다. 남자는 이 작은 도시를 둘러보았다. 그러다가 문득 남자는 그동안 길을 걸어오느라 자신이 무척 피곤하다는 것을 깨달았다. 재잘대며 수다를 떠는 몇 명의 여인들과 마주친 남자는 하룻밤 묵어갈 여관이 있는지 물었다.

"여관요? 그런 건 여기 없어요."

여인 한 명이 대답했다. 그렇지만 와인 빚는 노인을 찾아가면 재워줄 거라며 여인들은 모두 한 방향을 가리켰다. 무슨 이야기인지 신이 나서 재잘대는 여인들을 더는 방해하고 싶지 않았던 남자는 서둘러 그 방향으로 걸어갔다.

와인 빚는 노인의 집은 거리의 끝에 있었다. 집은 포도나무들을 심은 비탈 어딘가에 있었는데 무성한 가지들로 가려져 있어 거리에서 알아보기 힘들었다. 어딘지 모르게 허름해 보였지만, 안락한 느낌을 주는 집이었다. 남자는 현관문을 두드렸다.

와인 빚는 노인이 문을 열었다. 체구는 땅딸막하지만 강건해 보이는 노인은 떡 벌어진 어깨와 함께 수채화 붓처럼 고운 머릿결을 자랑했다. 반짝이는 검은 눈은 오로지 눈동자로만 이뤄진 것 같아 보였다. 뺨에는 발그레한 혈색이 돌았다.

"무슨 일로 이런 외딴 소도시를 찾아오셨소?"

노인은 남자에게 물었다.

"저는 보기 드문 새를 따라가고 있습니다."

"자연과학자?"

노인의 눈썹이 꿈틀했다.

남자는 아무 말도 하지 않았고, 꼭 설명하지 않아도 된다는 편안한 느낌이 들어 좋았다. 게다가 무어라 주절주절 설명하기에는 너무 피곤했다.

"당신 같은 사람이 우리 집 문을 두드리는 일은 아주 드물어요. 자, 들어와 앉으시구려."

그러더니 노인은 잠시 사라졌다가 이내 레드와인 한 병과 잔 두 개를 가지고 돌아왔다. 손님 앞에 마주 앉은 노인은 병의 코르크 마개를 돌려 땄다. 오랫동안 기름칠을 해주지 않은 경첩처럼 삐걱대는 소리를 내던 마개가 마침내 퐁 하는 소리와 함께 튀어올랐다. 자신의 잔에 와인을 약간 따른 노인은 잔을 돌린 다음 잔 안에서 피어오르는 향기를 맡으며 그윽한 표정을 지었다. 잘 익은 와인의 향기가 진동했다.

"아주 좋군요."

남자는 잔 안에 코를 대고 향기를 맡으며 말했다.

"우리가 마실 수 있는 유일한 향기죠."

노인이 껄껄 웃었다.

와인을 한 모금 머금은 남자는 천천히 혀를 굴려 맛을 음미했다. 저절로 눈이 감겼다.

"대단하군요! 그런데 제가 묵어갈 방이 있을까요?"

"원한다면 묵어가시구려. 물론 이곳은 선생에게 아마도 익숙한 것처럼 화려하지는 않다오."

"익숙함요, 익숙한 습관이라……."

남자는 이렇게 중얼거리며 생각에 잠겨 한 모금 더 마셨다.

"습관은 사물을 바라보는 우리의 시선을 바꿔버리죠. 감각을 둔하게 만든다고 할까요? 익숙했던 행복을 잃고 불행해졌을 때에야 우리는 비로소 '아! 그것이 행복이었구나.' 하고 깨닫죠. 저는 많은 경우 인생에 좋은 일이 많을수록 그 좋음을 알아보는 우리의 감각이 둔해진다는 느낌이 듭니다."

"습관이 기만적일 수는 있죠."

노인은 이렇게 말하고는 잔을 들어 와인을 죽 들이켰다.

"그렇지만 습관은 소중하기도 하다오. 자연은 우리가 인생을 살며 나쁜 일을 견뎌내라고 습관을 만들어준 게 아닐까 싶소. 아픔이 처음과 똑같은 강도로 계속된다고 생각해보시오. 그걸 견뎌낼 인간은 없다오."

"익숙해져서 견딘다고요? 습관을 깨버릴 때 자유의 해방을 맛보는 것이 아니고요?"

남자는 이렇게 물으며 잔에 남은 와인을 단숨에 비웠다.

노인은 아무 말도 하지 않고 침묵했다.

점차 저녁의 어둑함이 창문에 깃들며 갈수록 짙어지는 먹물을 드리웠다.

"지평선에 가까워지는 쪽은 해인데, 지평선이 해를 삼켜버리는 것은 놀라운 일이죠."

노인이 말했다.

남자는 창밖을 물끄러미 바라보았다.

"우리의 꿈도 마찬가지가 아닐까요? 꿈이 우리의 황망하고 분주한 인생에서 점차 황혼의 지평선으로 가까이 가다가 돌연 홀연히 사라져 흔적도 찾을 수 없게 되죠."

"꿈을 잃어버린 모양이구려?"

"저는 꿈이 기억나지 않습니다."

"자신의 꿈을 잊어버리는 사람은 없는데."

"저는 어려서 종이쪽지에 꿈을 써두었죠. 아버지의 깃펜에 잉크를 듬뿍 찍어서요. 쪽지는 조그만 나무 상자에 보관해두었어요. 상자는 심지어 열쇠도 달려 있었죠."

"그런 다음에는?"

"기억이 나질 않아요. 나무 상자는 가까운 숲의 나무 안에 숨겨놓았어요. 나무에는 가지가 부러져 생긴 작은 구멍이 있었죠. 상자는 거기에 꼭 맞았어요. 열쇠는 항상 품에 지니고 다녔죠. 새로운 소망이 생겨날 때마다 저는 아버지의 깃펜을 잉크병에 넣어 푹 적신 다음, 쪽지 위에 정성을 다해 썼어요. 종이가 제 꿈을 머금는 것을 보는 게 기뻤죠. 종이는 그대로 저의 새로운 꿈이 되었죠. 저는 종이를 돌돌 말아 손에 쥐고 제 숨결을 불어넣었죠. 그러고는 숲에 있는 제 꿈나무로 달려가 쪽지를 상자 안에 넣었어요. 제 꿈이 차지할 자리가 없는 방향으로 제 인생이 나아가기 전까지는. 그게 벌써 오래전 일이로군요. 저 자신도 꿈을 더는 믿지 못했죠. 어린 시절 상자 안에 담아두었던 꿈을요. 그래서 저는 사람들이 흔히 그렇듯, 본래 제 가슴을 뛰게 만들던 것을 잊어버렸어요. 냉정한 현실 탓에 빠르든 늦든 언젠가는 꿈의 색이 바랠 것이라는 생각에 괴로웠죠. 그러나 실제로 그렇게 되고 말았어요. 현실이 제 꿈을 누르고 승리했죠. 세월이 흐르는 동안 저는 꿈을 잊어버렸고, 열쇠도 잃어버렸어요. 기억나는 유일한 것은 열쇠의 생김새죠. 목이 길고 머리 쪽이 약간 두꺼웠으며, 열쇠 아랫부분에는 네 개의 톱니가 있었고, 마름모의 열쇠 머리는 세 잎 클로버 모양이며 녹색 실로 장식되어 있었죠."

"나무로 가는 길을 다시 찾아보지 않았소?"

"잊어버렸어요."

"꿈을 보관해둔 장소를 정말 잊어버릴 수 있을까요?"

남자는 아무 말도 하지 않았다.

"이제 잠자리에 들 시간이군요."

마침내 남자가 입을 열었다. 그는 노인에게 자신을 환대해 주고 대화를 나누어준 것에 대해 감사했다. 그런 다음 삐거덕거리는 계단을 밟고 침실이 있는 곳으로 올라갔다.

침실은 너무 작아 숨이 막힐 것만 같았다. 다행히 비스듬한 지붕에 창문이 달려 있어 남자는 밤하늘을 수놓은 총총한 별들을 볼 수 있었다. 밤하늘은 수정처럼 투명했다. 침실은 너무도 조용해서 말 그대로 고요함을 들을 수 있을 정도였다. 남자는 이불 속을 파고들었다.

한동안 창을 통해 밤하늘을 올려다보던 남자는 바지 호주머니에 넣어둔 황금색 가루를 담은 주머니를 꺼냈다. 남자는 주머니 안에 코를 묻고 깊은 숨을 들이마셨다. 새를 생각하자 봄의 향기가 코끝을 간질이는 듯했다.

12

남자는 물방울 떨어지는 소리에 잠을 깼다. 천장에서 물방울이 떨어지는 소리였다. 어딘가 구멍이 난 모양으로 기왓장을 타고 흘러내린 아침 이슬이 차례로 나무 바닥을 때렸다. 떨어지며 튀어오른 물방울이 마루 널빤지 사이로 스며들었다. 바닥에는 검은 얼룩이 생겼다.

방 안은 축축하고 곰팡이 냄새가 났다. 전날 저녁에 남자는 이 사실을 전혀 알아차리지 못했다. 남자는 바닥의 축축한 얼룩에 눈길을 멈추고 물이 나무를 어떻게 바꾸어놓았는지 살폈다. 그는 곰팡이가 영혼도 잠식할 수 있을까 자문해보았다. 심장에 구멍이 숭숭 뚫려 그 구멍으로 우리의 본질을 비트는 것이 들어선다면 우리의 영혼도 분명 곰팡이로 뒤덮이리라. 지금껏 내가 살아온 모습 그대로구나 하는 깨달음에 남자는 깊은 충격을 받았다. 방향을 잡지 못하고 무력감에 젖어 헤매면서 습관이라는 틀에서 헤어나지 못하고 남의 말에만 솔깃해하는 바람에 저 물방울에 젖은 나무 바닥처럼 꿈이 썩어버리고 말았구나. 남자는 두 손으로 침대 모서리를 짚고 일어나 의자에 걸어두었던 배낭을 보았다.

"잃어버렸던 나 자신을 떠올리고 꿈을 되살리기 위해서는 온전히 혼자서 고요한 가운데 있어야 하는구나. 자기 자신을 솔직하게 관찰하고 자아를 믿을 때, 비로소 좋은 인생을 살아갈 길을 찾을 수 있어. 그러자면 다른 사람과 다르게 보고, 익숙한 습관을 버릴 용기를 가져야 해."

남자는 이렇게 중얼거렸다.

남자는 자리에서 일어나 짐을 챙기고 배낭을 멘 다음 가파른 나무 계단을 내려가 응접실로 갔다.

"다시 자신을 추스르고 출발할 시간이로군요."

작별을 위해 남자와 악수하며 노인이 말했다.

13

여기저기 나무가 쓰러져 있다. 채찍과도 같은 빗줄기가 잎이라고는 없는 가지를 때린다. 숲의 바닥은 빗물에 흘러내린 이끼들로 너저분하다. 멧돼지가 파헤친 흙더미가 보인다. 노루가 갉아먹은 가지와 껍질의 흔적도 어지럽다. 남자의 장화는 진창 속에 푹푹 빠진다. 남자는 이틀 낮과 밤을 꼬박 걸었다. 그러나 새의 흔적은 어디에도 없다. 지금 남자가 있는 곳은 며칠 동안 폭풍우에 시달린 게 틀림없는 황량한 풍경이다.

그런데 돌연 새가 지저귀는 소리가 났다. 그리고 이 지저귐 소리와 함께 돌아왔다, 생명이! 세계의 바로 이곳에. 그렇다, 바로 남자의 새가 돌아왔다! 새의 반짝이는 몸은 달빛과 같았다. 날갯짓을 할 때마다 빛살이 숲을 밝히며 그 황량했던 풍경을 설탕가루처럼 반짝이게 만들었다. 흙에서 싹이 움트며 줄기가 뻗어나갔다. 생명을 알리는 녹색 폭죽놀이를 보는 것 같았다. 입을 벌리고 꼼짝도 않고 서 있는 남자의 메마른 입술 주변에 미소가 떠올랐다. 마침내 찾았다!

새는 삼나무의 늠름한 꼭대기에 앉았다. 삼나무의 가지들은 축 늘어졌으며, 폭풍우로 부러진 것이 적지 않았다. 나무에는 홀씨주머니 하나 없었다. 며칠 동안의 폭우가 나무를 저렇게 남루하게 만들었으리라!

그런데 저게 뭐지? 새가 스쳐간 곳마다 가지에서 새순이 돋아났으며, 빠르게 성숙한 홀씨주머니가 바닥으로 떨어지며 그 씨앗을 흩뿌렸다. 나무에서는 달콤하고 촉촉한 향기가 났다. 새가 지저귀는 노랫소리는 생장의 소나타다. 멜로디는 정적의 그늘을 걷어냈다. 이제 나무에서 새의 지저귐이 들려온다.

남자는 숲의 바닥에 앉아 봄의 향기를 가슴 깊이 들이마셨다. 새로운 출발이다. 돌연 모든 것이 가능해 보인다. 남자는 모르는 결에 바지 호주머니에서 주머니를 꺼냈다. 황금색 가루를 담은 주머니를. 남자는 엄지와 검지로 가루를 약간 집어 바닥에 뿌리고는 손바닥으로 바닥을 쓰다듬었다. 그리고 손가락에 남은 금빛 가루를 허공에 불었다. 순간 새는 삼나무 꼭대기에서 날아내려왔다. 날갯짓을 하며 금빛 가루가 만든 반짝이는 안개 속을 한 바퀴 돌고는 다시 꼭대기로 날아올랐다. 날갯짓이 일으킨 바람에 남자는 기분이 맑아져 자리에서 일어났다. 남자는 꼭대기를 우러러보았다. 그런데 저게 뭘까? 뭔가 빛살을 받아 반짝인다. 작은 나뭇가지들로 둥글게 엮은 것이다. 아, 새의 둥지로구나!

이때 털털거리는 바퀴 소리와 사내들이 떠들썩하게 떠드는 소리가 들려 남자는 깜짝 놀랐다. 뿌리 뽑힌 나무들을 화물차에 실어올리는 산림 관리인들이 저마다 도끼 한 자루씩 어깨에 걸치고 걸어오더니 정확히 새의 둥지가 있는 삼나무 앞에 섰다. 관리인들은 곡괭이를 들고 거친 손놀림으로 숲의 바닥을 파헤쳤다. 진흙 가루들이 허공에서 소용돌이쳤다. 관리인들은 뿌리가 드러난 삼나무를 실눈 뜨고 가늠하더니 양쪽 반대편으로 나뉘어 서서 도끼질을 시작했다.

"안 돼! 당장 멈춰요! 그 나무를 베면 안 됩니다."

"누가 하는 소리야?"

관리인 가운데 한 명이 물었다.

"여기요, 접니다."

남자가 소리쳐 외쳤다.

"'저'라니 그게 누구야?"

다른 관리인이 낄낄대고 웃으며 도끼로 다시 나무를 힘차게 내려쳤다.

"멈추란 말이에요. 당장 그만두세요!"

남자는 황망하게 두 손을 휘저으며 소리를 지르면서 나무로 달려갔다.

"저리 비켜!"

다른 관리인이 으르렁거리며 손바닥으로 남자의 가슴을 밀었다.

"이 나무는 안 됩니다, 다른 나무를 베세요!"

관리인들은 들은 척도 하지 않고 도끼질을 계속했다. 이미 도끼날은 나무의 중심까지 파고들었다. 관리인 한 명이 날 자국의 윗부분을 밀며 나무를 쓰러뜨리려 했다.

"당장 멈춰요!"

"비키라니까!"

관리인 세 명이 입을 모아 소리쳤다.

"절대 안 돼!"

남자는 이렇게 외치며 온몸으로 나무를 막아섰다.

"이자가 미쳤나?"

관리인 한 명이 노려보았다.

"아무래도 제정신이 아닌가 봐."

다른 관리인이 맞장구를 쳤다. 그리고 또 다른 관리인이 주먹을 흔들며 말했다.

"아무래도 혼쭐이 나야겠군!"

나무가 우두둑 부러지는 소리가 났다. 처음에는 조금씩 기울어지던 나무는 갈수록 빠르게 무너져내렸다. 꼭대기에서 떨어진 둥지가 너울거리며 바닥으로 떨어졌다. 남자가 두 손을 벌려 둥지를 받았다. 나무가 쓰러졌다. 그 순간 관리인 한 명이 남자의 옆구리를 걷어찼다. 쿵 하는 소리와 함께 남자와 나무는 바닥에 쓰러졌다.

14

쓰러진 남자는 꼼짝도 하지 못했다. 나뭇가지가 그의 피부에 깊은 상처를 남겼다. 남자는 하늘을 올려다보며 새가 날아오르는 모습을 지켜보았다. 아픔이 칼날처럼 파고들었다. 가슴 가장 깊숙한 곳까지. 삼나무와 남자는 그대로 널브러진 채 꼼짝도 하지 못했다.

그때 남자는 손 안에 무언가가 있는 느낌이 들었다. 그것은 길쭉한 타원형으로 한쪽 끝은 약간 날카로웠고 다른 쪽 끝은 둥글었다. 남자는 천천히 고개를 옆으로 돌렸다. 남자는 그것이 무엇인지 간신히 알아보았다. 알이다. 조심스레 손으로 알을 감싼 남자는 팔을 몸 쪽으로 당기려 했다. 허사였다. 팔을 누른 가지가 너무 무거웠다.

"죽었나?"

산림 관리인이 그를 굽어보며 중얼거렸다.

"아냐, 이 미친놈 아직 살아 있네. 믿을 수가 없군. 정신병자의 목숨은 질긴가 봐."

사내들은 고개를 절레절레 저었다. 그런 다음 서로 힘을 모아 남자를 짓누른 나뭇가지를 들어냈다.

조심스레 남자가 빠져나왔다. 관리인 한 명이 남자에게 손을 건넸다.

"일어설 수 있소?"

남자는 몸을 옆으로 굴리며 한쪽 빈손으로 진흙 바닥을 짚고 일어섰다. 처음에는 주춤거렸으나 이내 몸을 바로 세웠다. 며칠 사이에 비가 많이 내린 것이 다행이었다. 숲 바닥에 깔린 이끼가 물을 흠씬 머금고 있었기 때문에 충격을 흡수해 주어 남자는 목숨을 건질 수 있었다. 다행이다. 아니, 뭔가 더 끔찍한 일이 벌어지는 건 아닐까?

남자가 일어서자 산림 관리인들은 하던 일을 계속했다. 여전히 고개를 흔들며 나뭇가지들을 화물차에 싣고는 투덜거리며 사라졌다.

남자는 부러진 삼나무의 기둥에 걸터앉았다. 온몸이 부들부들 떨렸다. 얼굴은 백지장이나 다름없었다. 남자는 조심스레 손을 펼쳤다. 알은 온전했다. 남자는 알을 꼼꼼히 살폈다. 알은 마치 숲의 무늬를 담은 것만 같았다. 떨어지며 나무와 이파리와 풀잎의 색에 잠긴 것처럼. 남자는 이런 알을 처음 보았다. 주근깨처럼 수많은 점들이 찍혀 있었다. 아직 따뜻했다. 그리고 가벼웠다. 놀라울 정도로 가벼웠다. 겉은 연약해 보였지만 껍데기가 상한 곳은 없었다.

이제 어떻게 한다? 새는 날아가버렸고, 둥지는 망가졌으며, 나무는 쓰러졌다. 알을 새에게 돌려주어야만 한다. 그때까지는 알을 소중히 지켜야 한다. 남자는 알을 소중하게 감쌌다. 그런 다음 일어나 미로와도 같은 숲을 빠져나갔다.

15

남자는 알을 소중하게 품고 몇 시간을 헤맸다. 혹시 알을 손에서 떨어뜨리지는 않을까 하는 걱정으로 남자는 조심스럽기만 했다. 실제로 발이 진흙 속에서 솟아오른 돌에 걸리는 바람에 균형을 잃었지만 다행히 마지막 순간에 가까스로 자세를 바로잡을 수 있었다.

남자가 걷고 있는 지대는 인적이라고는 찾아볼 수 없을 정도로 황량했다. 주변을 돌아보는 눈마저 갈증을 느낄 지경이다. 햇살을 받아 흙 위로 김이 모락모락 솟아오르는 모습은 마치 열기로 녹아내리는 유리를 보는 것만 같다. 새를 찾지 못한다면 어쩐다?

길을 따라가보니 작은 마을이 나왔다. 한낮의 열기를 받은 도로의 포석이 마치 뱀가죽처럼 번들거렸다. 마을 광장 한복판에는 우물이 있다. 세 개의 단으로 장식된 우물이다. 팔각형의 우물 안에는 서로 등을 맞댄 처녀 조각상 네 개가 서 있다. 처녀들이 위로 뻗은 팔은 커다란 우물 지붕을 떠받쳤다. 지붕 위에는 다시 아이 조각상 네 개가 손을 뻗어 작은 접시 모양의 장식을 떠받들었다. 대미를 장식한 것은 청동으로 만들어진 백조 조각상 네 개다. 백조의 주둥이에서는 우물의 물이 졸졸 흘러내렸다.

얼핏 보았음에도 남자는 시원한 물이 주는 신선함을 온몸으로 느낄 수 있었다. 남자는 단박에 우물로 달려갔다. 조심스럽게 알을 바닥에 내려놓은 남자는 두 손으로 백조가 선사하는 물을 받았다. 갈증을 달래고 난 뒤 남자는 물로 얼굴을 씻고 푸르게 빛나는 하늘을 올려다보았다.

어떤 소년이 투덜대는 소리가 방울방울 떨어지는 물의 규칙적인 리듬을 깼다. 지금껏 남자는 소년의 존재를 의식하지 못했다. 우물의 반대편에 앉아 있는 소년은 찰과상을 입은 발을 물로 씻었다. 그리고 셔츠로 발을 닦은 다음 낡고 해진 신발을 신었다. 신발 밑창은 벌써 닳아서 너덜너덜했다.

"당장 사과하지 못해!"

낡은 신발의 소년은 머리를 돌리지도 않고 곁눈질로 누군가 노려보며 다그쳤다.

남자는 주위를 돌아보았다. 몇 걸음 떨어진 곳에 다른 소년이 우물 주위를 맴돌고 있었다. 그 소년의 신발은 새것인지 반짝거렸다. 비웃음이 가득 담긴 거만한 눈길로 그 소년은 낡은 신발의 소년을 흘겨보며 마치 달이 지구 주위를 돌듯 우물 주위를 맴돌았다.

"당장 꺼져버려!"

우물 옆에 앉은 소년이 투덜거렸다. 그러나 반짝이는 신발을 신은 소년은 들은 척도 하지 않고 공작새처럼 고개를 빳빳이 세우고 거만함을 숨기지 않았다.

"무슨 일로 그러니?"

남자가 물었다.

"혹시 아저씨 배낭에 저를 위한 새 신발이 있을까요?"

"내 발에 맞는 것뿐인데."

"저 멍청한 녀석."

소년은 이렇게 말하며 턱으로 다른 소년 쪽을 가리켰다.

"쟤가 뭐?"

"신발요."

"신발이 어쨌다는 거야?"

"새것이잖아요. 완전 신품. 올해 벌써 두 번째 신발이에요. 일 년에 두 켤레나 신다니!"

"그래서?"

"새 신발의 느낌은 참 좋잖아요! 내 발에 꼭 맞는 신발! 저는 새것을 신어본 적이 없어요."

남자는 허리를 굽혀 알을 다시 손에 쥐고 소년에게로 건너갔다. 소년은 우물가에 앉아 고개를 푹 숙이고는 너덜너덜하고 밑창이 오리 주둥이처럼 쩍 벌어진 신발을 내려다보았다.

그런 다음 촉촉이 젖은 눈길을 들어 남자를 올려다보았다.

"어떻게 이럴 수가 있죠? 저 멍청이는 모든 걸 다 가졌어요. 그리고 저는 매년 형의 신발을 물려받아야만 해요."

남자는 자신의 장화를 굽어보다가 다시 소년의 낡고 해진 신발을 보았다. 남자는 소년의 옆에 앉으며 알을 옆에 내려놓았다.

"아저씨는 새알을 가지고 다니세요? 그걸로 뭐하는데요?"

"어떤 일을 왜 하는지 항상 알고 하는 건 아니잖아?"

소년은 어깨를 으쓱했다.

"너도 저 새 신발의 아이처럼 우물가를 으스대며 걸어보렴."

남자가 말했다.

"이 신발로요? 왜요?"

"많은 경우 어떤 일을 하고 난 다음에야 그 일을 왜 했는지 알게 되지."

남자는 자신도 왜 그런 말을 했는지 몰랐다. 그러나 망가진 신발의 소년은 새알을 가지고 다니는 남자의 말을 믿고 그대로 따랐다.

자리에서 벌떡 일어난 소년은 곧장 다른 소년에게로 걸어가 똑같이 우물 주위를 맴돌기 시작했다. 처음에는 좀 망설이는 것 같았으나 갈수록 자세가 꼿꼿해지며 새 신발의 아이 못지않은 늠름함을 자랑했다. 남자는 지켜보는 것만으로도 기분이 좋았다.

거들먹거리던 다른 아이의 눈에서 이내 거만함이 사라졌다. 얼마 지나지 않아 그 아이는 슬그머니 꽁무니를 빼고 사라졌다.

"어떤 일을 왜 하는지 당장 알아야만 하는 건 아니야."

남자가 말했다.

"알겠어요. 중요한 것은 저 자신이지, 제 신발이 아니에요."

남자는 어깨에 멨던 배낭을 내려 그 안을 뒤지더니 성냥갑을 꺼냈다. 그런 다음 바지 호주머니에서 금빛 가루가 든 주머니를 꺼냈다.

"네 신발을 줘보렴."

남자가 말했다.

"성냥?"

"실험이야."

"뭐하는 건데요?"

소년은 신발을 벗었다.

"뭐, 어차피 망가진 거니까 괜찮아요."

"신발을 들고 있어라. 왼쪽 신발과 오른쪽 신발을 차례로. 신발 코가 위로 가게."

소년은 눈썹을 치켜뜨며 남자에게 신발을 내밀었다.

남자는 성냥불을 켰다. 그리고 금빛 가루가 든 주머니를 열어 불꽃 위에 가루를 약간 뿌렸다. 금빛 가루가 녹으면서 신발 위의 가죽과 밑창 사이로 방울방울 떨어졌다.

"이제 신발을 힘주어 누르렴."

남자는 이렇게 말하며 성냥불을 껐다. 다른 쪽 신발에도 같은 일을 되풀이했다.

몇 분이 지나자 신발이 황금빛으로 번쩍였다. 다시 위와 아래가 착 달라붙은 신발은 아주 튼튼해 보였다. 소년은 놀란 입을 다물지 못했다. 남자는 금빛 가루가 든 주머니를 다시 묶고 호주머니에 넣었다. 그리고 배낭을 메고는 알을 소중히 들어올렸다.

"자, 얘야, 매일 아침 이 신발을 신을 때마다 질투심을 버리겠다고 약속해주렴. 질투는 아무 의미가 없는 것이어서 너에게 조금도 도움이 안 된단다. 우리가 다른 사람을 보며 그리는 그림은 결코 완벽할 수 없어. 이게 바로 다른 사람과 비교할 필요가 없는 이유야. 인생에서 허락되는 유일한 비교는 오로지 지금의 너와 앞으로 되고 싶은 너 사이의 비교일 뿐이야. 질투한다고 해서 부러운 상대에게 해를 입힐 수는 없어. 너만 다칠 뿐이야. 네가 행복하기 위해 스스로 최선을 다하는 것이 중요해. 누군가를 질투하는 건 최선을 다하지 못하는 시간 낭비일 뿐이야. 무엇 때문에 다른 사람을 질투해? 네 인생은 네가 가진 유일한 거야. 다른 사람을 따라 흉내 내는 대신 너 자신을 걸작으로 빚으려무나."

16

오랜 시간을 걸은 끝에 남자는 작은 도시에 도착했다. 산비탈에 자리 잡은 도시에는 과일나무들이 가득했다. 벌써 어둠이 깃들고 있었음에도 남자는 나무마다 한결같이 잘 익은 과일이 주렁주렁 달려 있음을 한눈에 알아보았다. 알을 한 손에 조심스레 든 남자는 다른 손으로 사과 한 알을 따서 한 입 깨물었다. 달콤하면서도 새콤한 맛이 입안에 가득 번졌다. 남자는 숨을 크게 들이마셨다. 도처에 봄의 향기가 진동한다. 어떻게 된 일일까? 잘 익은 과일은 가을임을 말해주지 않는가? 저녁 공기가 남자의 코끝을 간질였다.

'분명해, 새는 이곳에 이미 다녀갔어.'

남자는 확신했다.

남자는 언덕 꼭대기에서 밝게 빛나고 있는 성을 보았다. 도시 자체는 기묘할 정도로 어둡다. 남자는 거리를 돌아보았다. 도시는 쥐 죽은 듯 고요하다. 빛이라고는 보이지 않는다. 집들에도 길거리에도. 불을 켠 가로등 하나 없다. 심지어 식당도 문을 닫았다. 여관도 어둡기만 하다. 남자는 닫힌 문 뒤에서 들려오는 소리에 귀를 기울였다. 도처에서 한탄과 탄식과 불평이 수군거린다. 남자는 여관의 문을 두드려보았으나 아무도 열어주지 않는다. 배가 고프고 피곤한 남자는 왕에게 하룻밤 재워달라고 청하기로 결심했다. 도시에서 불을 밝힌 곳은 어차피 성이 유일하니까.

철로 만든 단단한 문을 두드리자 경비원이 열어주었다. 남자는 밤이슬을 피할 마구간이라도 좋다며 혹시 빵과 물도 줄 수 있다면 진심으로 감사하겠다고 청했다. 너무 오랫동안 길을 걸어 무척 피곤한데 여관마저 문을 닫았다고 호소하기도 했다. 남자를 위아래로 훑어보던 경비원은 늙은 셰퍼드처럼 으르렁거렸다.

"기다리시오."

그러고는 남자의 코앞에 문을 쾅 닫았다.

잠시 뒤 문이 다시 열렸다. 그늘이 져 어두웠음에도 남자는 왕이 자기 앞에 서 있는 것을 알아보았다.

남자는 허리를 깊이 숙였다.

"고개를 들라, 고개를 들어."

왕은 손을 휘휘 저었다. 왕의 이마에는 불규칙한 간격으로 골처럼 파인 주름살이 가득했다. 짙은 눈썹은 덤불처럼 무성했으며, 눈빛은 영리해 보이기는 했지만 지쳐 있었다. 눈가에 생긴 다크서클이 진했다.

"내 왕국의 몰락을 막아줄 좋은 비책만 알려준다면 그대는 최고의 침실과 여태껏 누려보지 못했을 진수성찬을 맛볼 것이야."

이렇게 말하는 왕의 음색에는 비통함이 묻어났다.

"무슨 근심이 있으신지요, 폐하?"

남자가 물었다.

왕이 이야기를 시작했다.

"내 도시의 시민들이 벌써 몇 주째 일을 하지 않아. 밭도 갈지 않고, 과일과 곡식도 수확하지 않으며, 채소도 가꾸지 않아. 저장해둔 식량은 떨어져가고 있어. 머지않아 기근이 닥칠 걸세. 어찌할 바를 모르겠군. 이미 신하를 보내 왜 백성들이 더는 일하려 하지 않는지, 그동안 평화로웠던 이 도시가 어째서 갑자기 이처럼 불안해졌는지 이유를 알아보았네. 돌아온 신하는 이렇게 보고하더군. '왜 일을 하지 않느냐고 물어보자 백성들은 저마다 입을 모아 이렇게 말했습니다. 다른 사람들이 나보다 훨씬 더 잘 사는 모습을 보니 지금껏 해왔던 일을 하고 싶은 마음이 싹 사라졌다고요.'"

왕은 깊은 한숨을 쉬었다.

"왜 갑자기 이웃끼리 서로 비교하면서 자신이 다른 사람보다 형편없는 삶을 살고 있다는 결론을 내렸는지 도대체 알 길이 없군. 이 도시는 작아. 나는 시민들을 한 사람도 빼놓지 않고 잘 알아. 적어도 나는 그렇게 믿었어. 도대체 백성들이 갑자기 무엇 때문에 저러는지 알 수가 없어 몇 주째 머리가 깨질 것만 같네. 여행자여, 지금 내 얼굴을 보게나. 잠을 이루지 못하고 고민해보아도 해결책을 찾을 수가 없어. 대체 어쩌면 좋겠나?"

남자는 이마를 찡그리고 콧잔등을 어루만지며 깊은 생각에 잠겼다. 한동안 그런 자세로 서 있었다. 남자는 낡은 신발의 소년과 만났던 일을 떠올려보았다. 그때의 깨달음을 사람들에게 어떻게 하면 전해줄 수 있을까? 또 그런 깨달음이 곤경에 처한 왕에게 과연 도움이 될까? 남자는 알을 조심스럽게 바닥에 내려놓고 바지 호주머니에서 금빛 가루를 넣은 주머니를 꺼내 엄지와 검지로 가루를 약간 쥐고는 손가락으로 비볐다.

"제게 좋은 생각이 있습니다."

마침내 남자가 왕에게 말했다.

"오늘 저녁 도시에 포고령을 내려 누구든 자신의 인생을 남의 것과 바꿀 기회를 주겠다고 하시지요. 유일한 조건은 지금껏 인생을 살아오며 불만스러웠던 것, 두렵던 일, 근심, 문제, 어려움 따위를 쪽지에 적어오라고 하는 겁니다. 그 쪽지를 작은 상자에 담고, 그 상자를 선물용 포장지로 정성스레 포장하라고 하십시오. 내일 아침 성문 앞에 그 상자를 가져다 놓으라고, 정확히 해가 뜨기 전까지 가져다 놓으라고 하십시오.

해가 뜨고 나면 저마다 마음에 드는 상자를 고르게 해서, 원한다면 다른 사람의 인생과 맞바꿀 수 있게 해주는 겁니다."

왕은 이게 무슨 말인지 완전히 이해하지는 못했지만, 새알을 품고 다니는 이 기묘한 남자의 충고를 따르기로 했다. 신하들이 서둘러 포고문을 시내 곳곳에 붙였다. 왕은 남자에게 진수성찬과 편안한 침실을 제공해주었다.

이튿날 아침 첫 햇살이 비치자 성문 앞에는 아주 멋들어지게 포장된 상자들이 산처럼 쌓였다. 상자는 저마다 반짝이며 다른 것보다 아름다운 자태를 뽐냈다. 성문 앞에 운집한 수많은 사람들은 저마다 마음에 드는 상자를 골랐다. 이제 상자 안에서 발견하는 것이 각자의 새로운 인생이 된다. 시민들은 저마다 손에 상자를 들고 성문 앞 광장에서 기쁨의 춤을 추었다. 마침내 자신의 인생을 더 나아 보이는 것과 맞바꿀 수 있지 않은가! 사람들은 환하게 빛나는 얼굴로 집으로 돌아갔다.

그러나 해가 지기에는 아직 멀었는데, 성문 앞에는 다시 상자들이 쌓였다. 대체 무슨 일이 일어난 걸까? 백성들은 저마다 자신의 일을 다시 시작했으며, 그 어느 때보다도 더 만족스러운 표정이었다. 농부들은 밭을 갈았다. 빵집에서는 갓 구운 빵의 신선한 냄새가 흘러나왔다. 정원사들은 공원을 돌보기에 여념이 없었다. 시장 여인들은 밝은 목소리로 손님을 부르며 과일과 야채를 팔았다. 일요일이었음에도 사람들은 저마다 바쁘게 일했다. 저마다 자신의 인생을 고마워하고 행복해했다.

왕은 뛸 듯이 기뻐하며, 다시 포고령을 내려 온 백성에게 새알을 품은 남자가 새를 찾을 수 있게 도와주라고 하려 했다.

"대단히 너그러우신 보살핌이지만 새는 저 혼자서 찾아야만 하고 또 찾을 수 있습니다. 그리고 폐하의 백성들이 자신의 목적이 아니라 제 목적을 따르게 된다면, 다시 불만에 빠질 수 있습니다. 사과나무가 이웃의 배나무에 열린 배를 익게 해줄 수는 없는 노릇이지요."

17

날씨는 다시 서늘해졌다. 어디선가 길이 또 어긋난 것은 아닐까? 그렇지만 어디서? 봄의 징후는 물론이고 새의 자취도 보이지 않는다. 심지어 눈까지 내리기 시작했다. 눈발은 빗방울로 변했다가 다시 눈이 되어 내리기를 반복했다. 남자는 손에 든 알을 살폈다. 남자는 조심스레 가죽 배낭에서 울 외투를 꺼내입고 옷깃을 세웠다. 그래야 차가운 북풍에 귀가 어는 것을 조금이라도 막을 수 있으니까. 남자는 메모장을 꺼내 지금껏 걸어온 길을 표시한 쪽을 펼쳤다. 성을 떠난 지 이틀이 넘은 지금 남자는 방향 감각을 잃고 계속 북쪽으로 걸었던 모양이다. 갈림길을 그냥 지나친 것이 틀림없다. 봄으로 이끄는 길목을. 날은 계속 어두워졌다.

어둠은 눈물이라도 흘리듯 무거운 빗방울을 쏟아낸다. 빗방울은 떨어지며 얼어버린다. 바람이 이파리라고는 없는 나뭇가지를 할퀴며 나무의 갈라진 틈새로 휘파람 소리를 낸다.

남자는 커다란 전나무 발치에 앉았다. 그러나 전나무도 추위를 막아주지는 못했다. 남자는 앉은 자세로 다리를 바짝 당기며 두 손을 다리 사이에 넣어 자신과 알을 추위로부터 지키려 했다. 그러나 허사였다. 하늘에서 우박이 쏟아져내리고 바람이 소용돌이치는 바람에 깜짝 놀란 남자는 자기도 모르게 눈 앞에서 두 손을 내둘렀다. 아뿔싸! 우박이 알을 때리며 껍데기에 작은 구멍을 내고 말았다.

18

폭풍우는 저녁 내내 기승을 부렸다. 남자는 전나무 아래에서 벌벌 떨며 손가락으로 알의 껍데기를 쓰다듬었다. 구멍이 느껴졌다. 구멍은 바늘귀만 한 크기였다. 남자는 깨진 것을 되돌리기라도 하려는 듯 구멍을 쓰다듬었다. 알을 들어 생명을 불어넣어주기라도 하려는 것처럼 숨결을 불어주었다. 그러다가 지친 나머지 그대로 쓰러졌다.

아침의 첫 햇살이 헐벗은 나뭇가지 사이를 비집고 들어와 남자를 깨웠다. 남자는 손에 쥔 알이 따스함을 느꼈다. 알을 굴려보며 햇빛을 정확히 구멍에 맞춘 뒤 눈을 가느다랗게 뜨고 알의 안쪽에 무엇이 있는지 살펴보았다. 그러나 아무것도 보이지 않았다.

알의 무게는 변함이 없다. 이상할 정도로 가볍다. 남자는 안에서 뭔가 긁어대며 움직이는 것을 느꼈다. 알 안에 뭐가 있든 생명체가 살아 있다는 사실에 남자는 안도의 한숨을 쉬었다. 조심스럽게 알을 이끼 위에 내려놓고 남자는 두 손을 비벼 따뜻하게 한 다음 다시 알을 손에 쥐고 자리에서 일어섰다. 날씨가 또 심술을 부리기 전에 출발해야만 한다. 한 번 더 이런 밤을 밖에서 지새운다면 견뎌낼 수 없을 것 같은 느낌이 들었다.

다시 하루 종일 걸은 끝에 남자는 초저녁 무렵에 마침내 작은 마을에 도착했다. 다리가 돌처럼 무겁고 차가웠던 남자는 기쁜 마음으로 마을에 들어섰다. 이내 작은 여관이 보였다.

"운이 좋으시네요. 오늘은 방이 딱 하나 남았거든요."

젊은 주인이 남자를 반겼다. 여관 주인의 피부는 젖먹이처럼 발그레했으며, 목소리는 가성으로 노래를 부르는 가수와 같았다. 푸르고 순진해 보이는 눈은 어찌나 큰지 온통 얼굴을 차지한 것처럼 보였다.

남자는 고맙다는 말과 함께 열쇠를 받아들고 삐걱거리는 나무 계단을 통해 위로 올라갔다. 방은 청소 용품을 넣어두는 창고나 다름없었다. 워낙 작아서 문을 반쯤만 열었는데도 문이 침대에 부딪혔다. 그러나 방 안은 정말 따뜻했다! 침대 머리맡 위로 천장에 작은 창문이 보였다. 침대 발치에는 작은 옷장이 있었다. 밖에는 눈이 내렸다. 피곤한 남자는 털썩 침대에 쓰러졌다. 두 손으로 알을 부드럽게 감싼 채로. 남자는 다시금 알을 자세히 살폈다. 구멍 주변에 실금이 간 것이 보인다. 그것을 본 순간 남자의 심장은 걷잡을 수 없이 뛰었다.

어찌나 격렬한지 심장 소리가 귀에 들릴 정도다. 남자는 자신의 핏줄 안에 피가 아니라, 액체 납이 돌아다니는 것처럼 느꼈다. 알은 어떤 경우에도 깨져서는 안 된다. 아니, 이미 알은 생명력을 잃은 게 아닐까? 새를 다시 찾을 수 있을까? 이대로 계속 가는 것이 의미가 있을까?

19

얼마나 오래 잔 걸까? 도무지 시간이 가늠되지 않는다. 천장의 창으로 보이는 하늘은 빙하가 녹아 흘러내리는 물처럼 파랬다. 눈은 그쳤다.

남자는 손을 뻗어 조심스레 알을 어루만졌다. 껍데기 위쪽의 삼분의 일은 이내 깨어질 것처럼 연약하다. 남자는 알을 더 자세히 살펴보았다. 여전히 따스하기는 했지만 생명의 징후는 보이지 않는다. 남자는 옷을 챙겨입었다. 여관 식당에서 아침을 먹으려고 계단을 내려가는데 무릎이 떨렸다.

이제는 서두를 필요가 없다. 시간은 충분하다. 다시 시간적 여유가 생겼다. 남자는 새와 봄을 찾아 여행을 계속해야 할지 확신할 수 없었기 때문이다.

어떤 식으로든 올바른 길에서 자꾸 벗어나는데, 이렇게 계속 불확실하게 걸어야 할지 남자는 마음을 정할 수 없었다. 차라리 이대로 돌아가는 것이 낫지 않을까? 예전의 삶으로?

그렇지만 돌아가는 것마저 가능해 보이지 않는다. 남자는 다른 사람이 되었다. 그리고 알은 어찌해야 좋을까? 남자는 새를, 봄을 찾아야만 한다고 스스로 다짐했다.

"어떤 음식을 드릴까요?"

젊은 주인이 물었다. 깊은 상념에 잠겼던 남자는 그 목소리에 깨어나 고개를 들었다.

"기분이 나아질 수 있는 것이라면 무엇이든."

얼굴에 미소를 머금은 젊은 주인은 나타날 때처럼 빠르고 조용히 사라졌다. 남자는 식탁 위에 올려둔 알을 물끄러미 바라보았다. 그리고 바지 호주머니에서 금빛 가루가 담긴 가죽 주머니를 꺼냈다. 끈을 풀고 엄지와 검지를 넣어 가루를 약간 쥐고서 꺼내 문지르며 그 향기를 맡았다. 남자는 방앗간 주인이 말했던 좋은 인생을 위한 다섯 가지 아로마를, 그리고 지금껏 여행하며 배운 모든 것을 떠올렸다. 남자는 다른 사람들에게 가르침을 주기도 한 자신이 놀랍기만 했다. 밀의 배아에서 얻어낸 이 금빛 가루, 방앗간 주인이 선물한 이 가루는 새를 찾아헤매는 남자에게 거듭 깨달음을 주면서, 언제나 다시금 올바른 길로 이끌었다. 이 고운 가루 안에 어떤 마법의 힘이 담겨 있는 것이 분명하다. 그는 다시 가루를 주머니 안에 넣고 끈을 묶고는 호주머니에 넣었다.

젊은 주인이 인기척을 내려 헛기침을 했다. 그가 들고 있는 접시에는 독특한 과일로 장식된 케이크 한 조각이 놓여 있었다.

"이걸 드시면 기분이 좋아지실 겁니다."

주인은 미소를 지었다.

남자는 그 예술 작품을 살펴보았다. 이 과일은 생전 처음 보는 것이다. 달콤한 향기가 진동한다. 한 입 깨어물자마자 혀에서 부드럽게 녹는다. 지금껏 전혀 알지 못했던 부드럽고 달콤하고 매끄러운 향기다. 남자는 남은 케이크를 통째로 입에 넣었다. 마법과도 같은 밝고 가벼운 기운이 안에서 솟아올라온다. 오랫동안 느껴보지 못한 상쾌함이다. 남자는 손짓으로 젊은 주인을 불렀다.

"이게 무슨 열매죠? 이 계절에 이런 것이 있나요? 이 케이크도 참 독특하네요. 작은 조각을 먹었을 뿐인데 날아갈 듯 기분이 좋아지고 힘이 납니다."

"그건 제빵사의 비밀이죠. 그는 이 케이크를 봄의 열매라고 부릅니다. 봄기운이 가득한 곳들을 찾아다니며 열매를 모은다고 하더군요. 그래서 이것을 먹으면 봄의 식물처럼 겨울잠에서 깨어나 왕성한 힘을 자랑하게 된대요. 그 제빵사 말고는 아무도 이 열매를 찾지 못했습니다."

"그럼 그 제빵사는 봄이 어디 있는지 안다는 말인가요?"

"그런 것 같아요. 예."

"어디 가면 제빵사를 만날 수 있죠?"

"그가 어디 사는지는 몰라요. 저는 이 케이크를 상인에게서 삽니다. 제빵사 이야기는 신비로운 전설이죠. 이 전설을 처음 들어보세요?"

"저는 제과업은 전혀 몰라요."

"그렇다면 인생을 살면서 좋은 것을 놓치셨네요."

젊은 주인은 싱긋 웃었다.

"제가 인생을 살며 놓친 것은 아주 많죠."

"왜 그런 말씀을?"

"젊은 시절 꿈꾸고 계획했던 것과는 전혀 다른 인생을 살고 있으니까요. 지금이 제 꿈의 끝이 아닐까 두렵습니다."

"무슨 그런 말씀을!"

주인이 정색을 했다.

"지금의 좌절과 절망에서 무슨 결과가 올지 아직 모르잖아요. 길이 어긋난 것이 축복일 수도 있죠. 제빵사의 이야기가 그 증거가 아닐까요?"

주인은 의자를 가져와 남자 곁에 앉아 이야기를 시작했다.

"옛날에 어떤 부부가 아들을 낳았죠. 아들은 마법적인 매력을 자랑하는 명랑한 아이였어요. 그렇지만 젖먹이일 때는 다른 아기들보다 훨씬 작았죠. 유년기에도 성장 속도는 느리기만 했어요. 마을 또래들보다 무척 작았죠. 어머니는 걱정이 되어 여러 의사들을 찾아다녔어요. 의사들은 모두 똑같은 진단을 내렸죠. 키가 비정상적으로 작은 소인증이라고.

'어쩜 이리도 세상은 불공평할까? 우리 아들은 절대 당당한 어른으로 살지 못하겠구나. 평생 불리함을 감수하며 살아야 하다니!' 어머니는 이렇게 탄식했죠.

그러나 아버지는 대수롭지 않게 생각하며 아내를 달랬죠. '당신이 아들의 인생을 어떻게 알겠소. 우리 아들은 그냥 키가 작을 뿐이오. 이것만이 우리가 아는 유일한 사실이지. 이게 불행인지 행운인지 우리는 모르오. 앞일을 우리가 알 수는 없으니까.'

학교에 들어간 아들은 작은 키 때문에 친구를 사귀지 못했어요.

'아 그거 봐요, 내가 뭐랬어요. 우리 아들은 친구조차 사귀지 못하잖아요. 작은 키로 항상 외톨이로 지낼 테니 불쌍해서 어떡해.' 어머니는 눈물을 지었죠. 아버지는 다시 아내를 달랬어요. '왜 나쁘게만 받아들여요? 그냥 아무런 평가를 하지 말고 있는 그대로 받아들여요. 우리 아들은 키가 작아서 친구 사귀는 데 어려움을 겪을 뿐이라오.'

학교가 끝나면 소년은 매일 홀로 숲속을 떠돌아다니다가 집으로 돌아가는 길에 마을 제과점에 들렀죠. 아이는 케이크를 무척 좋아했어요. 제과점 제빵사는 명랑한 꼬마 친구가 찾아와주는 것을 아주 즐거워했죠. 어머니의 걱정은 더욱 커졌어요. '우리 아들은 하릴없이 숲속이나 헤매는구나. 다른 아이들이 함께 놀 때, 아들은 정처 없이 숲속을 떠돌아다니거나 제과점에서 시

간을 허비하네. 어째서 우리가 이런 불행을 당해야만 하지?'

남편은 아내의 불평에 끄떡도 하지 않았죠. '여보, 부탁인데 제발 평가하지 말아요. 아들이 또래들과 노는 대신 숲을 헤매고 다니고 제빵사와 친하게 지내는 것이 불행인지 행운인지 우리는 전혀 알 수 없어요. 그냥 사실을 있는 그대로 받아들여요. 그 이상도 이하도 아니라오. 나중에 어찌될지는 나중에 알게 될 거요.'

학교를 졸업했음에도 아들은 키가 작다는 이유로 직업 교육을 받을 수가 없었죠. 낙심한 어머니는 한숨을 쉬며 탄식했어요. '그거 봐요, 여보. 세상은 이처럼 불공평해요. 이웃 아이들은 정상적으로 키가 자라 많은 친구를 사귀었고 직업 교육도 받잖아요. 불쌍한 우리 아들을 어째. 친구도 일자리도 없잖아요. 아들의 인생은 참혹해요. 그것은 인생이 아니야.'

아버지는 화를 냈죠. '여보, 그렇게 말해도 평가하는구려! 그냥 상황을 있는 그대로 보라니까. 아들은 키가 작아 친구도 사귀지 못했고, 일자리도 찾지 못했소. 이게 아들에게 좋은지 나쁜지 우리는 아직 모른다니까.'

어머니가 근심과 탄식으로 나날을 보내는 동안 아들은 제과점에서 제빵사를 도왔죠. 아들은 제과의 섬세한 기술을 배우며 약간의 돈도 받았어요. 아들은 대단히 부지런하고 절약 정신이 뛰어나 불과 몇 년 만에 제빵업에 필요한 모든 기구를 살 돈을 모았죠.

아들은 고맙기만 한 친구인 제빵사에게 누가 되지 않으려면 도시에서 작은 가게를 세내 자신의 제과점을 차렸어요. 또 제빵사에게 그의 레시피는 절대 쓰지 않겠다고 약속하기도 했죠. 아들은 약속을 지켜가며 밤늦게까지 자기만의 독특한 레시피를 개발하려 노력했어요. 아들은 마침내 세상에 전혀 없던 맛을 창조해내는 데 성공했어요. 숲을 누비며 잡초 가운데 자라는 희귀 식물의 열매를 발견한 겁니다. 아들은 작은 키 덕분에 이 열매를 찾아낼 수 있었죠. 키가 정상인 성인은 위에서 굽어보느라 이파리 속에 숨겨진 이 열매를 볼 수가 없었죠. 반대로 우리의 젊은 제빵사는 이 열매가 딱 눈높이에 맞았어요. 어쨌거나 이 열매의 아로마는 대단히 뛰어나 모든 과자, 모든 초콜릿, 모든 케이크를 맛의 향연으로 바꾸어주었죠. 부드럽고 섬세하며 약간 달콤한 맛에 사람들은 환호했죠. 바로 선생님이 느끼셨던 것처럼 이걸 먹은 사람들은 누구나 몸이 가벼워지고 힘이 샘솟는다고 합니다. 젊은 제빵사는 이내 대단히 유명해졌죠. 전국 각지에서 그가 만든 케이크를 먹으러 오는 사람들로 가게는 금광처럼 번성했어요. 아주 작은 것이 대단히 위대한 결실을 낳은 거죠.

전설에 따르면 아버지는 어느 날 자랑스럽게 아내에게 이렇게 말했다고 합니다. '그거 봐요, 여보. 성급한 판단은 금물이오. 그냥 사실에만 충실해요. 그 어떤 해석도 하지 말고. 우리는 인생의 작은 부분만 볼 뿐, 앞으로 무엇이 될지 전체를 전혀 알지 못해요. 우리가 아는 유일한 사실은 인생의 길이 무한하다는 거요. 어떤 길이 막히면 다른 길이 열리게 마련이지.' 이게 바로 전설의 가르침입니다."

젊은 주인은 이야기를 멈추었다. 다른 손님이 들어오는 바람에 그를 맞이해야만 했기 때문이다. 잠시 뒤 돌아온 주인은 이야기를 계속했다.

"몇 년이 지나고 당당한 어른이 된 난쟁이 제빵사는 어떤 부자 상인의 방문을 받았죠. 상인은 엄청난 돈을 주고 제과점을 사들이려 했어요. 난쟁이 제빵사의 매력에 심취한 상인은 이렇게 말했답니다. '자네가 그 작은 키에도 이런 위대한 업적을 일구다니 믿을 수가 없군. 자네가 다른 사람들과 마찬가지로 컸다면 어떻게 됐을지 상상이 되지 않는군.'

그러자 젊은 제빵사는 장난기 어린 표정으로 이렇게 대답했답니다. '만약 제가 키가 작지 않았다면, 남이 하는 그대로 따라해서 남이 사는 인생을 살았겠죠. 키가 작지 않았다면 이 열매를 찾을 수 없었을 것이고, 이 귀중한 맛의 비밀 레시피는 물론이고 제 달콤한 인생의 레시피도 없었을 겁니다. 제 눈높이에는 저만의 보물이 숨겨져 있죠. 당신처럼 큰 사람은 절대 찾아낼 수 없는 보물이. 그리고 싫습니다, 제 가게는 팔지 않겠습니다. 자신의 행복을 파는 사람도 있나요?'"

이야기를 마친 젊은 주인은 한동안 침묵했다. 그런 다음 자리에서 일어나 의자를 제자리에 돌려놓고 사라졌다. 남자는 몇 분을 그대로 앉아 있었다. 계속 새를 찾아야 할지 하는 그의 의심은 깨끗이 사라졌으며, 신선한 용기가 그 자리를 다시 차지했다. 새를 찾으리라. 그리고 새와 함께 봄도. 남자는 숙박비를 치르고 알을 소중히 품고는 다시 길을 떠났다.

20

남자는 좁다란 산길을 따라 남쪽을 향해 걸었다. 왼쪽과 오른쪽으로 가파른 암벽이 웅장한 자태를 뽐내고 있었으며, 그 위로 짙푸른 하늘이 끝없이 펼쳐져 있었다. 공중에서는 커다란 독수리 한 마리가 맴돌았다. 남자의 상념 속에서는 제빵사 이야기가 계속 맴돌았다.

"공중의 왕이로구나!"

남자는 늠름하게 날개를 펼친 독수리를 올려다보며 중얼거렸다. 고개를 빳빳이 세운 독수리는 그 길고 넓은 날개로 우아하고도 가볍게 날았다. 남자는 자신도 저처럼 자유로울 수만 있다면 얼마나 좋을까 생각했다.

대단한 장관이다! 완전히 펼친 두 날개의 길이는 족히 2미터는 될 것 같았다. 독수리는 저 날개로 부드럽게 날아올라 산과 강을 굽어보며 자유자재로 누비는구나.

경탄을 자아내는 비행 솜씨로 독수리는 기류를 타고 하늘

꼭대기까지 산뜻하게 날아오르나 싶더니 이내 몸을 틀며 인상적인 곡선 비행을 하다가 돌연 쏜살같이 낙하한다.

나도 추락하지 않고 낙하할 수 있다면 얼마나 좋을까 하고 남자는 생각했다. 자연스레 지금껏 살며 겪은 추락의 경험이 떠올랐다.

남자는 한껏 매료되어 장관을 즐겼다. 모든 것이 순식간에 이루어진다. 돌연 남자는 독수리의 낙하 비행으로 자신이 과거를 벗어던지고 새롭고 신선한 자신을 회복한 듯한 느낌이 들었다. 한 점 후회 없는 새로운 인생을 살아갈 자신을!

급전직하하던 독수리는 다시 멋들어지게 선회하며 자세를 바로잡더니 위로 날아올랐다. 남자는 허공에서 춤을 추는 깃털들이 선명하게 눈에 보이는 것만 같았다. 한때 그를 괴롭혔던 모든 경험이 깃털이 되어 자신을 자유롭게 날 수 있게 해준다면 얼마나 좋을까? 남자는 자신이 가벼워진 느낌이 들었다. 그는 하늘을 응시했다. 헤아릴 수 없이 많은 깃털들. 그때 남자는 보았다. 저것은 봄의 새다! 그 먼 길을 걸으며 찾아왔던 새가 드디어 그의 눈앞에 자태를 드러냈다.

신비의 새는 독수리의 비행 궤도를 따르며 그 바람을 이용해 위로 날아올랐다. 새의 날개가 산의 정상을 스쳤는가 싶자 도처에서 시클라멘이 싹트기 시작했다. 절벽 틈새에서 피어난 꽃봉오리는 밑으로 떨어져내렸다. 떨어지며 꽃잎이 펼쳐졌다. 분홍색과 빨강색과 담자색으로 이뤄진 꽃잎 양탄자가 계곡을 장식했다. 색의 눈부신 향연이다. 감탄한 남자는 숨을 죽이고 바라보았다.

아마도 내 인생이 완전히 기회를 잃은 것은 아니리라. 세상일은 겉보기처럼 뒤틀려 암담하지만은 않으리라. 간절히 찾아왔던 것을 마침내 발견할 방법이 반드시 있을 것이다. 이때 새가 남자를 향해 곧장 날아왔다. 손에 알을 들고 있던 남자는 팔을 뻗어 손을 펼치며 알을 새에게 내밀었다. 그러나 새는 알을 받지 않았다. 새는 다시 높이 날아오르며 암벽 뒤로 사라졌다. 새와 함께 꽃잎 양탄자도. 남자는 하늘을 올려다보았다. 독수리가 여전히 맴을 돈다. 남자는 제빵사 아버지의 충고가 떠올랐다. 관점을 바꾸면 현실도 바뀐다. 분명 자신의 세상도 바뀌리라.

남자는 알을 관찰했다. 이제 남자는 진실을 감당할 각오가 섰다. 남자는 조용히 알을 뺨에 댔다. 그런 다음 단호하게 한 손으로 알을 쥐고 다른 손으로 껍데기를 벗기기 시작했다. 온전히 집중한 채 껍데기를 벗겨나갔다. 부스러기가 떨어져내렸다. 돌연 안에서 무엇인가 반짝했다. 이게 뭘까? 남자는 신중하게 손가락으로 빛나는 것을 쓰다듬었다. 무슨 얇은 막처럼 느껴진다. 가볍게 잡아당기자 종이 한 장이 나왔다. 남자는 종이를 보고 다시 껍데기를 보았다. 알에는 오로지 작은 백지 한 장이 들어 있다. 남자는 두 눈을 질끈 감았다. 텅 빈 백지. 이것 말고는 아무것도 없다. 이게 무엇을 뜻하는 걸까?

21

산등성이를 넘어서자 날씨가 점점 따뜻해지다가 결국 상당히 더워졌다. 남자는 외투를 벗어 가죽 배낭에 넣었다. 왜 알 속에서 나온 빈 쪽지를 버리지 않았는지 자신도 몰랐다.

다채로운 색채가 풍성한 풍경이 이어진다. 나뭇잎들은 마치 손가락으로 물감을 찍어바른 것처럼 알록달록한 반점을 자랑한다. 봄은 아니다. 아니 봄일 수 없다. 그렇다고 여름도 아니다. 바람이 휙 불어오자 가을 향기가 뚝뚝 떨어지는 것만 같다.

가파른 길을 따라가보니 포도밭이 나왔다. 잘 익은 포도가 주렁주렁 달렸다. 남자는 허리를 숙이고 포도나무 하나를 살피고는 한 송이 땄다.

잠시 뒤 남자는 어떤 할머니를 만났다. 길가의 벤치에 앉아 있는 할머니는 마치 누군가와 대화를 나누듯 이야기를 한다. 그러나 누구와 대화를 나누는 걸까? 분명 할머니는 혼자인데. 남자는 조용히 할머니 곁으로 다가갔다.

"안녕하세요, 잠깐 앉아도 될까요?"

"앉으시구려."

이렇게 대답하던 할머니는 돌연 소리를 버럭 지른다.

"잠깐! 내 남편 위에 앉으면 안 되지!"

"예, 남편요? 어디 계신데요?"

"이런 젊은 양반이 눈이 멀었나? 어디긴 어디야, 여기지."

이렇게 말하며 할머니는 자신의 오른쪽을 바라보았다.

"거 뭐라고 이야기 좀 해보시구려."

어째 좀 우습기도 한 동시에 혼란스럽기도 한 남자는 할머니의 말을 존중해 왼편에 앉았다.

"남편과 나는 잠시 좀 쉬어야 한다오. 우리는 더는 젊지 않거든. 게다가 늦여름의 더위가 우리를 힘들게 하네."

"알겠습니다."

남자는 이렇게만 말하고는 침묵했다.

"아시오? 우리 부부는 오래전부터 함께 저녁 산책을 즐기고 있다오. 우리는 같은 거리의 늘 새로운 길을 고르죠. 산책로로 늘 새로운 길을 고른다는 것이 얼마나 어려운지 잘 모르실 거요. 이미 모든 것을 다 보았다고 믿었는데 산책할 때마다 새로운 것을 발견하는 기쁨은 참 대단하다오. 거리의 어느 쪽을 택하느냐에 따라서도 달라져요. 매일 새로운 길을 고르면 하루가 전혀 달라진다오, 젊은 양반."

"흥미롭군요. 그런데 남편분은?"

"내 남편이 어쨌다는 거요?"

"솔직히 말씀드려서 저는 남편분이 보이지 않습니다."

"바람은 느끼시오?"

할머니가 물었다.

"물론이죠."

"그것 봐요."

환하게 웃는 할머니의 얼굴이 무척 온화해 보였다.

"바람을 볼 수는 없지만, 느끼잖우."

말을 마치고 자리에서 일어난 할머니는 남편과 다정하게 팔짱을 꼈다. 그리고 부부는 걸어갔다.

22

남자는 할머니의 뒷모습을 오랫동안 지켜보았다. 할머니는 산등성이를 넘어 사라졌다. 남자는 알에서 발견한 종이를 바지 호주머니에서 꺼냈다. 이 종이도 바람과 같은 것이 아닐까? 보지는 못하지만 분명 있는. 종이는 정말 백지일까? 혹시 거기 담긴 메시지를 알아보지 못한 것은 아닐까? 남자는 다시 종이를 말아 금빛 가루가 든 주머니에 넣었다. 이제 풀어야 할 수수께끼가 하나 생겼다. 남자는 벤치에 앉아 기억나는 한 정확하게 지금껏 걸어온 길을 메모장에 그렸다. 그때 어떤 늙수그레한 농부가 포도밭 기슭에 나타났다. 농부가 등에 진 지게에는 갓 수확한 포도송이가 가득 들어 있는 광주리가 놓여 있었다. 농부는 포도를 포도밭 아래 세워두었던 커다란 통에 쏟아부었다. 농부의 이마에는 땀방울이 반짝였다.

농부는 검은 머리카락이 아무렇게나 길게 자라 덥수룩했으며, 매부리코에 광대뼈가 각져서 강한 인상을 준다. 무엇보다도 햇볕에 갈색으로 그을린 피부가 인상적이다.

"휴!"

농부는 한숨을 토해냈다.

"오늘 덥네. 이 계절치고는 너무 더워. 가을에 이런 기온이라니!"

남자는 메모장을 덮었다.

"나는 정말이지 가을로 온 것이로구나."

그는 이렇게 중얼거렸다. 실제로 계절을 거꾸로 거슬러온 모양이다.

"좋았어. 이건 내가 올바른 방향으로 가고 있으며 곧 새와 봄을 찾을 수 있을 거라는 징조야."

남자는 다시금 중얼거렸다.

"뭐라고 하시는 거요?"

농부는 지게를 풀어 통 옆에 세워놓으며 물었다.

"아무것도 아닙니다. 저는 그저 혼잣말을 한 겁니다."

남자가 대답했다.

농부는 통 안에 손을 넣더니 포도를 한 움큼 꺼내 남자에게 내밀었다.

"갓 수확한 포도요. 맛보시겠소?"

"기꺼이."

남자는 이렇게 화답하며 손을 내밀었다.

두 남자는 벤치에 나란히 앉아 함께 포도를 먹었다.

"무슨 일로 이곳에 오셨소? 당신은 여기 사람이 아닌데. 이곳 사람들은 모두 알거든요."

농부가 물었다.

"아 저요…… 저는…… 어떤 독특한 새를 따라왔습니다. 그 새가 있는 곳은 어디나 봄이죠."

"봄? 봄이야 그냥 기다리기만 하면 되잖소. 가을이 지나고 겨울이 땅을 뒤덮은 다음에는 봄이 오게 마련이잖소. 봄은 기다리면 절로 오는데."

"저는 기다릴 시간이 없습니다. 저는 이미 충분히 기다렸습니다. 그러나 봄은 오지 않더군요. 봄을 찾기 위해서는 스스로 뭔가 해야만 함을 깨달았죠. 제 인생은 제 손으로 꾸려가야 한다는 뜻이죠. 심지어 다른 모든 사람들과 완전히 다르게 해야 할지라도."

"파격적인 새 출발?"

"너무 늦지 않았다면요. 이 포도와 마찬가지죠. 언덕의 포도밭에 있을 때는 빛깔이 찬란했지만, 이제는 끝났잖아요."

남자는 포도 한 알을 입에 넣었다.

"살아 있는 한, 너무 늦은 것은 없다오. 포도를 자세히 보시오. 포도의 수확이 포도의 죽음을 뜻하지는 않아요. 그건 그냥 변화일 뿐이라오. 어떤 상태에서 아직 있지 않았던 다른 상태로의 바뀜이랄까? 와인은 본래 상태의 변화이지, 끝이 아니라오. 그리고 건포도도 포도의 죽음은 아니죠."

농부가 말했다.

"제가 먹어버리면 포도는 죽잖아요."

"아니오. 당신이 씨를 다시 배설하면 씨는 비옥한 토양과 만나 다시 싹을 틔운다오. 그렇게 자란 싹은 나무가 되고, 또 탐스러운 포도를 주렁주렁 열리게 하죠. 어쨌거나 가을의 시작이 여름의 죽음은 아니라오. 그냥 가을의 출발일 뿐이라오. 오로지 상태가 변한 거죠. 변화한 상태에서도 많은 것이 가능하다오. 아마도 당신이 상상했던 것이 아니라 당신이 전혀 상상할 수 없었던 어떤 다른 것일 게요."

말을 마친 농부는 자리에서 일어나 남자에게 행운을 빌어주며 통을 지고 집으로 갔다.

23

농부의 말은 남자의 귀에 오랜 여운을 남겼다. 끝이란 없다. 모든 것은 계속된다. 모든 것은 오로지 상태의 변화일 뿐이다. 남자는 한동안 벤치에 앉아 나이 먹은 떡갈나무의 가지에서 잎이 떨어지는 것을 보았다. 가을의 늙은 떡갈나무에게는 당연한 일이다. 남자는 계절을 생각하며, 나뭇잎이 계절에 따라 변하고 물이 들어 마침내 아름다운 가을 풍경을 그려내고 떨어지는 이치를 새겨보았다.

나무에서 떨어지는 낙엽도 끝은 아니다. 그것은 오로지 이전 모습의 변화일 뿐이다. 이전 것이 아직 있지 않았던 어떤 것으로 바뀌는 변화를 남자는 생각했다. 가을에 잎이 녹색을 빨갛고 노란 단풍 색으로 바꾸듯, 우리는 늙어가며 환상을 경험과 맞바꾼다. 인생의 가을은 반드시 우리 꿈의 죽음을 의미하지는 않는다. 오히려 우리 인생이 예전에는 볼 수 없던 것으로 그만큼 더 풍요로워짐을 뜻할 수도 있다. 더는 가능하지 않은 것이 새로운 가능성에 자리를 내어준다. 변화는 상실이 아니다. 남자는 자리에서 일어섰다.

24

남자는 작은 도시에 이르렀다. 그곳의 장터에서 캔버스를 펼쳐놓고 그림을 그리고 있는 소녀를 발견했다. 남자는 일정한 거리를 두고 소녀를 관찰했다. 이내 정장을 반듯하게 갖춰입은 어떤 신사가 소녀의 어깨 너머로 구경을 하는 것이 보였다. 신사는 소녀의 집중을 깨뜨리지 않으려 조심스럽게 가까이 다가가더니 소녀의 어깨에 손을 얹었다.

"그림 그리게 내버려두세요, 아빠."

소녀가 돌아보며 말했다.

"뭘 그리니?"

"도시의 성벽과 너도밤나무와 장터요."

아버지는 눈을 가늘게 뜨고 그림을 살피다가 고개를 들었다.

"그렇지만 네가 그리는 것은 성벽도 너도밤나무도 장터도 아닌데."

"저는 제가 보는 대로 그리는 거예요."

소녀는 이렇게 말하며 붓을 팔레트 위에서 놀렸다.

아버지는 다시금 그림을 살펴보고는 고개를 절레절레 저었다.

"나는 하나도 알아볼 수 없는걸."

"아빠는 아빠 눈으로 보니까. 저는 제 눈으로 봐요."

소녀는 이렇게 대답하며 계속 그렸다.

아버지는 팔로 뒷짐을 지고 장터를 몇 걸음 돌아보다가 다시 딸에게 다가갔다.

"네가 어제 그린 것이 더 아름다워."

"아빠 마음에 드는 것을 보았다고 해서 그게 곧 다른 것보다 더 낫다는 뜻은 아니에요. 그건 다만 아빠가 다른 것보다 그걸 더 좋아한다는 뜻일 뿐이에요. 아빠가 어제 본 그림을 더 아름답다고 느낀다고 해서 그 그림의 어떤 것이 특별한 건 아니에요. 아빠의 평가는 그림이 아니라, 아빠 마음을 말해줄 뿐이죠."

소녀는 이렇게 종알거렸다.

아버지는 고개를 갸웃했다. 그는 쉽게 물러서지 않았다.

"이게 너도밤나무라고?"

아버지는 손가락으로 녹색 반점을 가리켰다.

"예."

"하지만 이걸 너도밤나무라고 하기에는 비율이 맞지 않아. 나무는 훨씬 더 커서 성벽 위로 훌쩍 솟았는걸. 가만있어보자, 이 잿빛 반점은…… 이게 성벽이라고?"

소녀는 아무 말도 하지 않았다.

"왜 성벽을 따라 핀 꽃들을 너도밤나무만큼 크게 그렸니?"

"제가 너도밤나무를 강조하면 다른 아름다운 모든 것은 배경으로 밀려나잖아요. 이 꽃들도 마찬가지죠."

소녀는 이렇게 말하며 씩 웃었다.

맞다! 장면을 열중해서 지켜보던 남자가 속으로 쾌재를 불렀다. 실제로는 전경(前景)도 배경(背景)도 없다. 우리는 뭔가 의미 있어 보이는 것을 전경에 가져다놓고, 이 시점에서 무의미해 보이는 다른 모든 것은 배경으로 내몰지.

의미란 본래 존재하지 않는다. 다만 우리의 평가가 있을 따름이다. 그리고 평가는 관찰자가 누구인가에 따라 달라진다. 그래서 비교는 사물이 가진 고유한 특성을 알아보지 못하게 방해할 뿐이다.

비교와 평가를 하면 우리는 세계를 있는 그대로 보지 못한다. 좋은 것도, 나쁜 것도 없다. 우리의 평가와 상관없이 세상 모든 것은 그만의 독특함을 지니고 있다.

25

남자는 캔버스에 그림을 그리고 있는 소녀의 모습을 정확히 기억에 담아두고 싶었다. 붓을 쓰는 경쾌한 손놀림과 어린 나이를 무색케 하는 지혜로움은 세상을 바라보는 맑은 시선이 무엇인지 고스란히 보여준다. 남자는 사물을 보는 자신의 시야가 좁아질 때마다 소녀를 떠올리며 그 지혜를 새기고 싶었다.

이 소녀야말로 인생의 다섯 가지 아로마를 알고 있는 것이 아닐까? 소녀는 사물의 본질을 읽어내고 자신이 중요하게 여기는 것을 방어할 줄도 알 정도로 지혜롭고 용감하다. 밝게 빛나는 소녀의 얼굴을 남자는 넋을 잃고 바라보았다. 소녀의 솜털처럼 가녀린 미소가 남자의 가슴을 아릿하게 물들인다. 갓털에 매달려 그 가벼움으로 멀리 날아가는 민들레 꽃씨와도 같은 미소다.

남자는 인생 또는 죽음의 의미를 천천히 깨닫기 시작했다.

이제 남자의 눈에는 모든 것이 다르게 보였다. 머릿속에서 영화의 장면처럼 이어지는 과거의 모습이 대수롭지 않게 여겨졌다. 남자는 돌연 이제 갓 세례를 받은 사람처럼 세계를 신선하게 바라보았다. 다시금 아무것도 죽지 않는다던 농부의 말이 떠올랐다. 그저 생명은 다른 상태로 넘어갈 뿐이다. 바람에 날려 그 흰 갓털로 멀리까지 날아가는 민들레 씨앗은 민들레의 죽음이 아니라 그 생명의 전파이지 않은가!

얼마 뒤 남자는 도시의 서쪽과 동쪽을 이어주는 다리에 도착했다. 다리 위에서 남자는 출렁이는 강물을 내려다보았다. 허리를 숙여 길가에서 돌멩이 몇 개를 집은 남자는 난간에 몸을 기대고 돌멩이를 차례로 물속으로 던졌다. 돌멩이가 일으킨 은빛 파장이 번져나가며 서로 맞물렸다. 남자는 아버지와 함께 나들이를 갔던 기억이 떠올랐다. 아주 어렸을 때의 일이다. 그때가 아버지와 함께 보낸 마지막 여름이었다. 당시 아버지는 아들을 아주 친한 친구처럼 살갑게 대했다. 아직 어렸던 아들은 아버지의 그런 태도를 이해하지 못했다. 당시 아버지와 아들은 강을 지나가게 되었다. 그곳에서 아버지는 각이 날카롭게 진 돌멩이 하나를 주웠다.

"아들아, 이 돌을 강물에 던진다고 상상해보렴. 돌은 강과 함께 흐르며 강바닥의 다른 돌들과 부딪치며 갈릴 거야. 그래서 이 날카로운 각이 점차 무뎌질 거다. 네가 몇 킬로미터를 따라내려가 강에서 이 돌을 찾으려 하면 발견할 수 없을 거야. 원래 모습은 사라지고 둥근 돌이 되어 있을 테니까. 물살을 따라 함께 흐르며 서로 부딪치는 바람에 모두 똑같아 보이는 둥근 자갈이 되어 있겠지. 네 멋진 돌이 오래 쓸려내려갈수록 그만큼 더 자갈은 다른 돌과 다를 바가 없어질 거야. 똑같은 모양으로 서로 바꿔도 상관없는 지루한 자갈, 다른 모든 것이 하는 일을 그대로 따라해 똑같고 지루한 자갈이 될지, 아니면 자기만의 유일한 개성을 키울지 하는 것은 전적으로 너 스스로 결정할 문제야. 각이 져서 독특해 보이는 이 돌멩이를 잘 간직해두고 내 말을 새겨보렴."

남자의 얼굴에 미소가 피어올랐다. 아버지도 인생의 아로마를 알았던 것이 틀림없구나. 아마도 아버지는 이 세상과 작별한 것이 아니리라. 아버지는 나에게 민들레 씨앗과 마찬가지로 계속 생명을 이어갈 힘을 물려주셨다.

26

아버지의 돌은 아직도 간직하고 있다. 집 정원의 한쪽 구석에서 돌은 그 독특한 모습을 그대로 자랑하고 있다.

다리를 건너자 불을 밝힌 여관이 보였다. 남자는 그곳에 들어가 빈방이 있는지 물었다. 도시가 마음에 들어 이번에는 오래 머무르고 싶다. 서두른다고 해서 더 빨리 봄을 찾는 것은 아닐 테니까.

여관 주인은 키가 크고 어깨가 떡 벌어진 남자로 대머리에 얼굴은 어린애처럼 순해 보였다. 주인은 기분 좋은 표정으로 방 열쇠를 남자에게 건넸다.

"강 전망이 좋은 방입니다."

주인은 이렇게 말하며 씩 웃었다.

남자는 감사를 표하고는 열쇠를 받아 바지 호주머니에 넣고 긴 복도를 따라 방을 찾아갔다. 걸음을 옮길 때마다 나무를 깐 바닥이 삐걱거린다. 남자는 열쇠로 방문을 열고 안으로 들어섰다. 방은 널찍했고 편안해 보였으며 작은 베란다도 있었다. 베란다에 나가보니 강의 시원한 전망이 펼쳐진다. 피곤한 남자는 그대로 침대에 누워 눈을 감았다.

"인생에서 무엇이 중요한지, 무엇을 지켜야 하고 무엇을 버려야 할지 나는 이제야 깨닫기 시작했어. 꿈에 맞는 모습의 길을 찾아낼 때 비로소 내 인생은 조화를 찾을 거야. 그러자면 몸의 아주 작은 힘줄에 이르기까지 자기 자신이 누구인지 느낄 줄 알아야만 해. 이것만 성공한다면 다른 모든 것은 중요하지 않아."

남자는 온몸에 숨결이 고르고 침착하게 흐르는 것을 느꼈다.

"너무 오랫동안 나는 나 자신의 가치와 행동을 다른 사람에게 맞추며 살아왔어. 무엇을 하든 그게 좋다, 나쁘다 하는 식의 주변의 평가에 매달렸어. 날개를 접고 인생을 살아왔다고나 할까?"

남자는 눈을 뜨고 두 팔로 머리를 감쌌다.

"자연은 봄이면 깨어나 여름이면 성숙하지. 누군가의 칭찬을 기대하고 그러는 건 아니야. 가을이면 다시 호흡을 추스르고 겨울이면 온전히 잠들지. 누가 마음에 들어 하든 말든 전혀 개의치 않고. 그게 자연의 정해진 이치이니까."

지는 해의 빛이 강물에 반사되며 방 천장에 곱게 떨리는 물결무늬를 만들었다. 남자는 이 물결무늬를 지켜보며 상념의 강이 흘러가는 대로 생각을 맡겼다.

잠시 뒤 남자는 자리에서 일어나 베란다로 나갔다. 남자는 주변 풍경을 둘러보았다. 길가에 무성한 잎을 자랑하는 오리나무와 물푸레나무가 줄지어 서 있다. 특히 큰 물푸레나무 아래 벤치가 있다. 저무는 하루의 햇살이 잎들 사이를 비집고 바닥에 따뜻한 빛을 비춘다. 남자는 나무 벤치를 지켜보았다. 햇볕에 그을린 청록색의 벤치다. 남자는 흘러가는 강물을 지켜보며 물이 흐르는 소리를 들었다. 물처럼 긴장을 풀고 여유롭게 흐르며 주변을 알아보고 아주 작은 틈새까지 채우면서 계속 변화하는 모습으로 생명을 최고조로 끌어올리는 강을 닮아야 한다고 남자는 생각했다.

남자는 금빛 가루가 담긴 주머니를 꺼내 그 가루를 약간 강물 위에 뿌렸다. 석양빛을 받은 고운 금가루 비가 강 위로 내렸다.

27

새날이 밝았다. 이제 어떻게 할까? 그냥 이 작은 도시에 머무를까? 머무른다는 생각만으로도 편안해진다. 남자는 여행을 계속하는 것이 좋을지 생각해보았다. 이대로 무턱대고 걷는 것이야말로 당첨될 확률이 희박한 줄 알면서도 허망하게 기대하는 복권과 같지 않을까? 지금껏 행운은 그의 몫이 아니었다. 남자는 강이 들려준 이야기가 떠올랐다. 어떤 것이 좋은 인생인지 하는 이야기. 그 본질의 아주 섬세한 구석까지 남김없이 채우면서 본연의 모습을 간직한 채 부담스러운 모든 것을 놓아버리는 강물의 흐름으로부터 배워야만 한다고 남자는 생각했다.

이 소도시에 사는 사람들은 물과 같았다. 자연스럽게 자신에게 어울리는 일을 했다. 저마다 자신이 누구인지 아는 것처럼 보였다. 그리고 모두 자신의 맞춤한 자리를 가졌다. 다른 사람으로는 대체될 수 없는 꼭 맞는 자리를 누구나 가지고 있었기 때문이다. 남자는 자신도 이곳에서 그런 자리를 찾을 수 있을까 하는 의문을 품었다.

그냥 계속 새를 찾아 떠나야 할까? 아니다. 오랫동안 남자는 무엇에 쫓기는 사람처럼 허덕이며 걷기만 했다. 마치 고양이가 반쯤 죽은 쥐를 집어삼키기 전에 가지고 놀듯, 운명은 남자를 가지고 희롱했다. 그는 아직 편안하고 맑은 마음으로 인생을 살아갈 힘과 용기를 충분히 갖추지 못했다. 남자는 인생과 자기 자신으로부터 도망치기만 해왔다. 이제 고향을 찾은 것처럼 마음에 약간의 평온함이 깃든다. 이제 중요한 일은 무엇이 남자의 영혼에게 안정을 되찾아주었는지 알아내는 것이다. 어떤 것이 마음의 평온을 되찾는 데 도움을 주었고, 무엇을 내려놓았기에 다시 평화를 맛보게 된 걸까? 세상에는 누구에게나 그에게 맞는 특별한 곳이 있게 마련이다. 그리고 우리가 왜 이 세상에 사는지 깨닫는다면, 바로 그 장소를 찾아낼 수 있다.

남자는 베란다로 나가 강을 바라보았다. 물살은 거침없이 흘러간다. 강은 흐르는 것을 멈추지 않는다. 순간 남자는 깨달았다. 여행은 아직 끝나지 않았다. 그는 목적지에 도착하지 못했다.

28

남자는 옷을 챙겨입고 짐을 꾸린 다음 복도를 통해 여관 식당으로 갔다. 남자가 걸음을 옮길 때마다 참나무 마룻바닥이 삐걱거린다. 남자는 이 소리가 좋았다. 식당 벽도 나무로 장식되어 있다. 하얗게 칠한 나무로. 고풍스러운 돌 장식이 있는 곳만 빼고는. 그곳은 벽난로다. 식탁 의자에는 붉은 벨벳을 씌운 쿠션이 놓여 있다. 주인이 바람처럼 달려오며 상냥하게 남자를 맞아준다.

"앉으세요."

남자는 주위를 돌아보았다. 그와 주인 말고 식당에는 노인 한 명만 앉아 있다. 노인의 은빛 머릿결은 누에고치에서 갓 자아낸 명주실처럼 곱고 얼굴은 수염으로 거의 뒤덮여 있다. 우물처럼 깊은 눈에서 눈동자는 흑옥(黑玉)처럼 빛난다. 노인은 남자에게 미소를 지으며 맞은편의 빈 의자를 가리켰다. 남자는 노인의 식탁으로 가서 악수를 나누고 자기소개를 했다.

"자, 앉으시구려."

노인은 이렇게 말하며 다시금 빈 의자를 가리켰다. 남자는 감사하며 의자에 앉았다.

"먼 여행을 하시오?"

노인이 물었다.

"그야 받아들이기 나름이죠. 때로는 끝이 없을 것만 같고, 또 때로는 그저 찰나인 것 같습니다."

남자가 대답했다.

"어디로 가시오?"

"예, 제가 가려는 곳은……."

남자는 쉽사리 말을 잇지 못했다. 심연과도 같은 침묵이 이어졌다.

노인은 의아하다는 표정으로 남자를 보았다.

"봄이 있는 곳으로 가려 합니다."

"예? 봄이 있는 곳이 어딘지 어떻게 아시오?"

"저는 주변을 주목하며 봄기운이 이끄는 대로 따라갑니다."

"너무 끌려다니지 마시구려. 귀중한 인생 시간을 낭비해서야 쓰겠소."

"낭비할 생각은 없습니다. 오히려 귀중한 인생을 갈망하기 때문이죠. 주의력을 키우려 노력할 뿐입니다."

"그건 좋구려."

노인은 환하게 웃고는 말을 이었다.

"인생을 허송하는 사람들이 너무 많아요. 또는 허튼 일에 매달려 쓸모없는 행동으로 시간을 낭비하거나. 바닥 모를 무의미함에 빠져 헤매거나 산만함 속에서 자신을 잃을 뿐이죠. 진짜 인생이 아니라, 시간 낭비라오. 우리가 가진 가장 소중한 것을 헛되이 다루지 말아야 하오."

"저도 그런 사람 가운데 한 명이었습니다. 저는 인생을 소홀히 하고 저와는 아무 상관이 없는 일에만 매달려왔죠. 그러나 새 한 마리가 경직된 저를 일깨웠습니다."

"오, 무슨 말을 하는지 알겠소. 나도 예전에 그런 새를 만난 적이 있다오."

"어르신도요?"

"누구나 그런 새를 한 마리 갖고 있지 않소? 다만 찾아내야만 하죠."

"어르신은 어디 가면 제가 새를 찾을 수 있을지 아시나요?"

"새는 스스로 찾아내야만 한다오."

"어르신은 어디서 새와 마주치셨나요?"

"어느 날 내 창틀에 앉아 있더군."

"그럼 그때가 봄이었나요?"

"아니, 가을이었소."

"그러나 제가 말한 새는 봄을 가져왔습니다."

"내 새는 매일 금화 24개가 담긴 주머니를 가져다주었소."

"금화 24개요?"

"처음에는 놀라서 금화를 쓰기 주저했소. 인생이라는 시간과 달리 재산은 쓰지 않고 모아야 좋다고 여겼으니까. 그러나 새가 매일 금화 24개를 창턱에 가져다 놓는 걸 보고 이 금은 모을 것이 아니라 써야 한다는 것을 깨달았다오. 그래서 나는 매일 이 금화로 무슨 특별한 일을 할 수 있을지 고민했소. 금을 쓰지 않는 것은 진짜 어리석은 짓이니까."

"그러고요?"

"마침내 깨닫기까지 어느 정도 시간이 걸렸소."

"자세히 말씀해주세요!"

"새가 더는 오지 않더군."

"예? 새가 더는 오지 않았다고요?"

"작별 인사도 없이, 아무 소식도 없이. 다시는 찾아오지 않았다오."

"저런 불행한 일이."

"다행이었소."

노인은 이렇게 말하며 미소를 지었다.

"나도 처음에는 속상했다오. 아무 예고도 없이 금화가 더는 주어지지 않았으니까. 그 대신 새는 나에게 다른 것, 훨씬 더 소중한 것을 선물했다오."

"무엇을요?"

"인생이라는 시간을."

"무슨 말씀인지 잘 모르겠네요."

"인색함은 자신의 인생 시간을 아낄 때에만 고결하다오. 금화가 갑자기 말라버리듯, 우리 인생의 끝도 아무 예고가 없이 불현듯 찾아온다오. 새가 선물한 금화 24개처럼, 우리는 모두 매일 24시간을 선물받는다오. 이 시간을 우리는 의미 있게 쓸 줄 알아야 해요. 인생에서도 우리가 의미 있게 쓰지 못한 시간은 돌이킬 수 없이 사라진다오. 내가 금을 모으지 않았듯, 우리의 인생 시간은 나중을 위해 저축해둘 수 없소. 매일 우리 인생의 일부가 돌이킬 수 없이 사라져 버리거든. 그리고 우리는 끝이 언제인지 알지 못한다오."

남자는 할 말을 잃고 말았다.

"그대가 과거를 알듯 미래도 정확히 안다면, 시간이라는 이 귀중한 보물을 어떻게 다루겠소? 시간을 얼마나 아끼겠소? 미래를 정확히 안다면 시간을 결코 소홀히 할 수 없소. 미래를 모른다고 하더라도 시간을 소중하게 나누고 이용하려면 인생을 바라보는 경외심과 주의력이 필요하오. 우리는 시간이 얼마나 남았는지 모르니까."

"이제 알겠습니다. 내가 어찌해볼 수 있는 유일한 것은 현재로군요. 누구도 빼앗을 수 없고 돌이킬 수도 없는 유일한 것은 과거이고요. 그리고 내 앞에 불확실하게 놓인 유일한 것은 미래로군요."

"바로 그렇다오. 우리는 오로지 지금 여기에서만 의미 있는 것을 할 수 있소. 이렇게 창조한 의미는 우리의 영원한 재산이오. 그리고 이 의미는 누구도 빼앗을 수 없는 우리의 과거가 된다오. 그렇지만 하루하루를 헛되이 살아간다면, 남는 것은 죽은 미래와 죽은 과거뿐이라오. 오늘 많은 것을 이룩하는 사람은 내일에 의존할 필요가 없다오. 그러니 그대도 인생을 충만하게 만들기 위해 하루하루를 주목하시오!"

노인은 은발을 쓸어넘겼다. 식당 안은 아주 조용했다. 나무의 따뜻한 향기가 허공에 퍼지며 차가운 돌의 냄새와 섞였다. 노인의 이야기에 빠져 있느라 남자는 주인이 아침 식사를 가져온 것을 알아보지 못했다.

"어허, 커피가 식는구려."

노인이 말했다.

남자는 상념에서 깨어나려 머리를 가볍게 흔들었다. 잔을 잡은 그는 커피를 한 모금 마셨다.

"정말 대단한 이야기입니다! 그럼 제 새는 어찌해야 좋을까요?"

노인은 싱긋 미소를 지었다.

"그거야 나는 모른다오. 그걸 알아내야 하는 사람은 오로지 그대뿐이라오."

말을 마친 노인은 모자를 들어 머리에 쓴 다음, 모자를 들어올리지 않은 채 남자에게 가볍게 목례를 했다. 그러고는 식당을 나갔다.

29

이 사랑스러운 도시를 떠나 여행을 계속할 때가 되었다. 지빠귀들이 지저귀며 봄의 새를 찾아 어서 떠나라고 남자를 부추긴다. 남자는 이제 시간을 조금도 허투루 쓰고 싶지 않았다. 유일하게 분명한 것은 지금 바로 여기다. 지금 이 순간을 소중히 써야 한다.

내가 가진 유일한 재산은 현재와 과거다. 오로지 현재에서만 나는 잊을 수 없는 소중한 과거를 만들어갈 수 있다. 하루를 성실하게 살아 이루어낸 것은 누구도 내게서 빼앗을 수 없다. 변덕스러운 것은 오직 미래뿐이다. 불확실한 미래에 기댈 수는 없다. 남자는 이렇게 생각하며 요 며칠 동안 걸었던 길을 메모장에 그려넣었다.

남자는 다시 출발했다. 길을 걸으며 남자는 자신의 인생이 자신에게 얼마나 더 많은 계절을 경험하고 그것을 과거에 선물할 기회를 줄까 하는 상념에 잠겼다. 얼마나 많은 봄과 여름과 가을과 겨울을 더 겪을 수 있을까? 오직 충만하게 살아 낸 인생이 충분히 오래 산 인생이 되리라.

30

오전 내내 걸은 뒤에야 남자는 다음 도시에 도착했다. 불어오는 바람에서 소금기가 느껴진다. 갈매기가 하늘을 맴돈다. 남자 앞에 바다가 펼쳐진다. 해안선이 햇살을 받아 반짝이며, 구름이 그늘을 드리운 곳에 짙푸른 파도가 일렁인다.

남자는 포구를 거닐었다. 실에 꿴 진주알처럼 고깃배들이 포구에 가지런히 정박해 있다. 어떤 어부가 마침 그물망을 말리려 걸어놓고 있었다.

"오늘 많이 잡으셨어요?"

남자가 물었다.

"만족할 만합니다."

어부가 화답했다.

"그런 그물로는 어떤 고기를 잡나요?"

"늘 잡는 것이죠."

"늘?"

"청어, 고등어, 연어 등."

"그럼 거의 잡히지 않는 것은요?"

"순간이죠."

"순간요?"

남자는 이게 무슨 말인가 싶어 이마를 찡그리며 물었다.

"예, 순간요. 순간은 눈 깜짝할 사이에 사라져버리죠. 순간은 오로지 순간일 뿐이니까요. 기꺼이 잡아 한동안 즐기다가 다시 놓아주고 싶은 순간이 있긴 하지만요."

어부가 말했다.

"순간을 잡을 수 있는 그물이 있다면 저도 어부가 되고 싶네요."

"하다못해 나쁜 순간을 잡을 수 있는 그물도 없죠. 다행히도 지나가버리니까요."

어부는 작은 의자에 앉아 고무장화를 벗어 양지쪽에 내려놓았다.

가까이 다가간 남자는 어부 옆에 앉았다.

"매일 고기잡이만 하는데도 이 일이 즐거우세요?"

"고기잡이도 인생살이와 마찬가지죠. 바다에 그냥 그물을 던져두고 거기 잡히는 것만으로 만족하는 따분한 어부가 대다수죠. 아니면 저처럼 여기 이 유망(流網)을 던져 특정 물고기를 잡으려 하거나."

어부는 자신의 그물을 가리켰다. 그물에서는 소금과 해조류 냄새가 났다.

"그저 그물만 던져둘 때에는 물살의 흐름이 어떤 물고기가 잡힐지 결정하죠. 유망을 쓸 때는 그물을 엮은 방식 외에도 어느 방향으로 투망하느냐가 중요합니다."

어부가 말했다.

"그런데 '평범한' 물고기만 잡으신다니 어째 좀 이상하네요. 유망으로 따분하지 않게 뭘 잡을지 직접 영향을 준다면서요? 그럼 희귀종도 잡으실 거 아닙니까?"

"아마도."

이렇게 답하며 어부는 싱긋 웃었다. 그리고 말을 이었다.

"바다도 인생과 마찬가지랍니다. 어부의 예술은 어떤 식으로 물고기를 잡든 바다에 빠지지 않는 것이랍니다. 중요한 것은 욕심에 어두운 나머지 앞뒤 가리지 않고 달려들지 않는 태도죠."

남자는 어부의 말을 새겨보았다.

"그런데 무슨 일로 이곳에 오셨나요?"

어부가 물었다.

"저는 봄을 찾고 있습니다."

"봄을?"

"아니, 어떤 특별한 새를 따라가고 있다고 말하는 것이 맞겠네요. 그 새가 있는 곳이면 봄이 찾아오죠. 어느 방향으로 바다를 건너야 봄을 찾을 수 있는지 혹시 아십니까?"

"아, 봄의 섬으로 가고 싶으신 모양이군요!"

"봄의 섬요?"

"그곳은 영원한 봄의 섬이죠. 그곳에 가면 분명 새를 찾으실 거예요. 그 섬 이야기를 들어보지 못하셨나요?"

"전혀 들어보지 못했습니다."

"오늘 저를 만나 운이 좋으시군요. 제 친구는 화물선 선장입니다. 친구는 월요일 저녁마다 봄의 섬으로 가는 배를 몰죠. 지금 서두르면 배를 잡아탈 수 있을 겁니다. 노란 연통을 가진 푸른색 화물선이죠. 단번에 알아볼 수 있어요. 선장은 육지의 생산품을 섬에 가져다주고, 섬에서 과일을 받아옵니다. 사람과 이야기 나누는 걸 좋아하는 친구라 당신을 기꺼이 맞아줄 겁니다."

"고맙습니다!"

남자는 이렇게 말하고 곧장 달렸다. 혹시 배를 놓치는 게 아닐까 걱정되었기 때문이다.

"무역상에게 안부 전해주세요!"

"무역상?"

남자는 이게 무슨 말인가 싶어 멈추어 고개를 돌려 어부 쪽을 보았다. 그러나 어부는 이미 배를 타고 사라진 뒤였다.

31

"섬까지 가려면 밤새 가야 합니다. 저 뒤에 마련된 칸막이 침실에서 주무세요."

선장이 대양처럼 깊은 목소리로 말했다.

"저를 데려다주셔서 대단히 감사합니다."

"여행객은 언제나 환영입니다. 섬의 누구를 찾아가시나요?"

"아뇨, 저는 그 섬이 있는지조차 몰랐답니다. 새를 찾고 있죠."

"새를 찾아간다고요? 왜?"

"왜 선장이 되셨어요?"

"제가 없으면 이건 고철 덩어리나 마찬가지죠. 선장이 있어야 비로소 배가 됩니다."

"흥미로운 관점이군요. 세상의 많은 항구들을 가보셨나요?"

남자가 물었다.

"저는 선장이잖습니까?! 셀 수도 없이 많은 나라들을 가보았죠. 저는 그저 바다를 떠돌며 세계를 보았노라고 주장하는 사람은 아닙니다. 사람들은 대개 그저 맴돌기만 하죠. 방황하며 아무것도 발견하지 못합니다. 그런데 선생은 뭘 하십니까?"

"선장님 말투를 빌리자면 저는 영혼을 찾아가고 있습니다."

"영혼을?"

"생각해보면 집을 떠난 이래, 가는 곳마다 제 영혼을 깨닫고 있답니다."

"그래서 뭘 찾아내죠?"

"진리를."

남자는 칸막이 침실로 들어섰다. 옆에 있는 둥근 창문을 통해 갈매기가 보였다. 갈매기 떼는 램프를 향해 달려드는 불나방처럼 배 주위를 맴돌았다. 아마도 갈매기는 육지를 떠나 함께 여행하기로 결심한 모양이다. 남자는 점점 멀어져가는 항구가 검은 점이 되고, 해변이 검은 선으로 변하며, 해가 이글거리는 원반처럼 조용히 바다로 잠기는 광경을 지켜보았다. 갈매기들은 밤새 울어댔다.

32

남자는 닻줄이 달그락거리는 소리에 잠을 깼다. 남자는 둥근 창을 통해 밖을 내다보았다. 봄의 섬이다. 해냈다! 남자는 서둘러 가죽 배낭을 메고 가파른 철 계단을 내려가 갑판으로 갔다. 선장은 기분이 좋은지 앞을 보며 콧노래를 불렀다.

"목적지에 도착하셨습니다. 이곳이 영원한 봄의 섬입니다. 분명 당신의 새를 찾을 수 있을 겁니다."

"그러기만 바랍니다."

"당신이 이 섬에서 무엇을 만나든 정확한 길로 가시는 거니까 안심하세요. 멀리 떠나는 여행은 자신의 자아를 찾고자 하는 사람에게만 도움이 되죠. 자신으로부터 도망가려는 사람에게 여행은 아무짝에도 쓸모없습니다. 어디를 가든 자신을 찾으려 해야 합니다. 그리고 자신은 변하지 않은 채 주변만 바뀌면, 낡은 자아가 지겨운 모기떼처럼 당신을 따라다닌다는 것을 유념하세요. 겨울이 선생 가슴을 지배하는 한, 봄은 절대 찾을 수 없습니다. 경험에서 하는 말이니 믿으세요."

"그렇군요. 그럼 안녕히!"

남자는 이렇게 말하며 배와 뭍을 연결한 다리를 건너갔다.

"돌을 생각해두셨나요?"

선장이 뒤에서 물었다.

"예? 무슨 돌을?"

남자는 고개를 돌리며 물었다. 그러나 선장은 이미 조종실로 사라진 뒤였다.

33

봄의 섬은 상당히 큰 모양이다. 벌써 두 시간째 섬을 돌아다니고 있지만 사람이라고는 통 보이지 않는다. 새들이 지저귀었지만, 남자가 찾는 새는 보이지 않았다. 도처에서 꽃봉오리가 터졌으며 화려한 색과 꽃다발로 향기가 진동했다. 진주처럼 꽃을 주렁주렁 단 나무도 많았다. 의심할 바 없이 이곳은 봄이다. 그러나 남자의 영혼은 여전히 겨울이라는 두터운 이불 밑에서 신음한다. 새를 찾아야만 한다.

마침내 사람의 모습이 보인다. 갈수록 사람들이 더 많아졌으며, 드디어 남자는 커다란 장터에 이르렀다. 사람들이 채소와 과일과 생선을 사고판다. 그런데 이게 어찌된 일일까? 섬의 주민들은 돈이 아니라 돌로 거래한다. 그래서 선장이 돌을 생각해두었느냐고 물었구나.

남자는 어떤 할머니에게 다가가 물었다.

"질문 하나 드려도 될까요?"

"그러시구려."

할머니는 친절한 표정으로 남자를 보았다.

"여기서는 돌로 값을 치르나요?"

"이 섬의 특별한 풍습을 모르시오?"

남자는 고개를 저었다.

"영원한 봄과 더불어 이 섬의 독특한 점은 돌로 거래한다는 것이라오. 돈으로 쓰는 돌은 수백 년 전에 멀리서 이 섬에 들여온 은은한 빛의 석회암이죠. 크기도 여러 종류가 있다오. 가장 작은 것은 버찌씨만 하죠. 그건 거의 가치가 없어서 아무것도 살 수 없어요. 섬 북쪽 지역에 허름한 오두막에 사는 가난한 사람들의 돈이라오. 여기 남쪽 지역에서는 큰 돌이 있어야 뭔가를 살 수가 있죠. 적어도 이 사과만큼은 커야 한다오."

할머니는 남자에게 사과 한 알을 내밀었다.

"그리고 어른 키만큼 큰 돌도 있죠. 돌이 클수록 그만큼 더 가치가 올라간다오. 어른 키만 한 돌을 단 하나라도 가지면 여기서는 엄청난 부자라오."

남자는 주위를 돌아보았다. 시장에서는 다양한 크기의 돌이 손에서 손으로 오갔다. 길거리 음악가의 악기 상자에는 돌들이 가득했으며, 거지는 돌을 구걸했고, 아이들은 자갈만 한 돌로 과자를 샀다.

할머니가 말을 이었다.

"이 섬의 최고 부자는 가장 큰 돌을 가진 상인으로 대단한 미모의 아내와 함께 살고 있다오."

할머니는 사과들을 진열대에 예쁘게 장식하고는 덧붙였다.

"하지만 최고의 부자는 대개 가장 가난한 사람이기도 하다오."

말을 마친 할머니는 이번에는 채소들을 돌보았다.

남자는 감사하다며 자리를 떴다. 사람들의 얼굴에 봄이 환하다. 어떤 새가 지저귄다. 남자는 그 새를 올려다보았다. 그러나 남자가 찾는 새는 아니다.

장터를 가로질러 걷던 남자는 어떤 길로 빠져나왔다. 길의 양옆에는 목련이 늘어서 있다. 이상하게도 목련은 아직 꽃을 피우지 않았다. 봄인데 왜 꽃을 피우지 않은 걸까?

길을 따라가보니 길은 곧장 웅장한 저택으로 이어졌다. 다채로운 봄의 향연 한복판에서 저택은 어째 좀 음울해 보인다. 담벼락을 따라 늘어선 벚나무들도 꽃 피우는 것을 잊어버린 모양이다.

'내 정원과 마찬가지군.'

하고 남자는 생각했다.

남자는 저택으로 다가갔다. 대문에 도달하기도 전에 문이 열리며 문지기가 나온다.

"멈추시오! 여기는 사유지입니다. 무슨 일로 찾아오셨소?"

"아, 미안합니다."

남자는 서둘러 사과했다.

"저는 특별한 새를 찾고 있는데 여기 있을까 싶어서요."

"손님을 들어오시게 하게!"

누군가 안에서 외쳤다.

뒤에서 아름드리나무처럼 건장한 체격의 남자가 나타났다. 그의 얼굴에는 눈물주머니가 두드러져 보인다. 눈은 무표정하게 앞만 응시한다.

그는 나그네를 정원에 들어오라고 했다. 두 사람은 우물 옆에 있는 정자에 앉았다.

"새를 찾고 계신다고요? 보세요, 이곳 정원은 어느 구석에서도 위로를 찾아볼 수 없습니다. 봄이 제 집은 그냥 지나친 모양입니다. 지저귀는 새 한 마리조차 없죠. 이 풍경만큼이나 제 가슴도 황량하기만 하답니다."

주인은 바닥을 내려다보며 구두로 자갈을 문질렀다.

"아세요? 제 아내는 몹시 아프답니다. 어느 날 저는 아내가 슬픔에 젖어 불행해하고 있는 걸 알아차렸죠. 아내의 슬픔은 날이 갈수록 심해졌습니다. 누구도 아내가 앓는 병의 원인을 알아내지 못했습니다. 이렇게 벌써 몇 주가 흘렀지만 아내를 덧씌운 우울함의 그늘은 사라지지 않았습니다. 아내는 그저 울음으로 지새느라 집 밖으로 나가는 일도 없죠. 도무지 끝이 보이지 않는군요. 걱정이 되어 견딜 수가 없습니다. 섬의 의사는 어찌할 바를 몰라 난감해합니다. 저는 이미 주변 섬들의 의사들을 모두 불러모아 사랑하는 아내의 병을 고쳐주기만 한다면 막대한 보상금을 주겠다고 했죠. 그러나 뭐가 문제인지 알아낸 의사는 없습니다. 의술은 제 아내의 눈물을 달래주지 못합니다."

주인은 고개를 떨어뜨리고 한동안 침묵했다.

"어느 날 저녁 저는 절망에 빠진 나머지 이 저택의 전망 탑에 올라가 외쳤습니다. '아내가 다시 웃는 모습을 볼 수만 있다면 무슨 일이든 하겠습니다!' 그러자 어떤 음성이 들려왔습니다. '정원의 우물을 돌로 가득 채우면 네 아내의 병이 나을 것이다. 우물이 귀중한 돌로 가득 채워져 물이 말라버려야 네 아내는 울음을 그치리라.'

드디어 방법을 찾았구나 싶어 저는 안도했죠. 저는 이 섬의 최고 부자니까요. 기쁜 마음으로 탑에서 내려온 저는 곧 잠을 잤습니다. 다음 날 아침 저는 집사를 불러 우물이 채워질 때까지 돌을 안에 던져넣으라고 명령했죠. 값이 나가는 커다란 돌은 워낙 무거워서 세 사람, 심지어 네 사람이 달려들어 들어야 겨우 우물 턱을 넘길 수 있었죠. 지평선이 해를 삼켜버렸을 때에야 비로소 우물은 돌로 가득 채워졌습니다. 뛰는 가슴으로 아내에게 달려갔죠. 그러나 아내는 여전히 울고 있더군요. 실망한 저는 다시 서둘러 탑에 올라가 외쳤습니다. '우물이 돌로 가득 채워졌음에도 아내는 울음을 그치지 않습니다.'

'네 아내는 우물이 돌로 완전히 채워지지 않아 우는 것이다. 우물 안에 아직도 물이 있다. 한 방울의 물이라도 우물에 남아 있는 한, 네 아내는 울음을 그치지 못하리라!' 음성이 대답하더군요."

상인은 깊은 한숨을 토해내며 땅바닥만 뚫어져라 보았다.

"하지만 저는 이제 돌이 더 없습니다. 내 모든 재산은 우물 속에 있으니까요. 우물은 이미 돌로 가득한데 돌을 더 넣으라니 어찌할 바를 모르겠습니다."

"한 말씀 드려도 될까요?"

남자가 물었다.

"말씀하세요!"

"우물에는 작은 돌도 넣어야만 합니다. 그래야만 미세한 틈새도 완전히 채워져 우물에 더는 물이 남지 않습니다. 그럼 아내분의 병이 나을 겁니다."

상인은 눈썹을 꿈틀하며 눈을 번쩍 떴다.

"아, 그렇군요!"

하지만 이내 주인의 얼굴은 다시 어두워졌다.

"그러나 저는 우물에 넣은 것 외에는 더 돌이 없습니다. 섬 전체에도 작은 돌은 없고요."

"아닙니다."

남자가 외쳤다. 그리고 말을 이었다.

"제가 채소 상인에게 들은 바로는 버찌씨만 한 작은 돌이 있다고 합니다. 그 할머니는 섬 북쪽의 빈민들이 그런 작은 돌을 돈으로 쓴다고 했습니다."

"하지만 그런 돈은 무가치해서 저는 가지고 있지 않습니다."

"이 경우에는 아무래도 가장 작은 것이 최고로 귀중한 것이겠네요."

남자가 말했다.

두 사람은 곧장 길을 떠났다. 상당히 먼 거리를 걸은 끝에 두 사람은 섬의 다른 쪽에 도착했다. 그곳 사람들은 즐거운 표정으로 삼삼오오 모여앉아 그물망을 짜거나, 오두막을 고치거나, 서로 이야기를 즐겼다. 아이들이 뛰놀았으며, 집에서는 갓 잡은 생선의 신선한 냄새가 풍겨나왔다. 두 남자는 이토록 명랑한 사람들을 보지 못했던 터라 얼떨떨한 표정을 지었다.

빈민들은 지체 높은 부자의 방문에 깜짝 놀랐다. 평소 부유한 상인이 가난한 사람은 어리석거나 게을러 가난한 것이라며 피하기만 했음에도 빈민들은 충심으로 환영해주었다.

무역상은 가난한 이들에게 아내의 병을, 하늘에서 들려온 음성과 치료에 필요한 작은 돌을 이야기했다. 빈민들 중 최고 연장자는 묵묵히 이야기를 듣고는 커다란 자루 하나에 자신이 가진 작은 돌들을 모두 넣었다. 연장자는 자루를 사람들에게 돌렸다. 빈민들은 저마다 자신이 가진 조촐한 재산을 자루에 넣었다. 다 모아지자 연장자는 묵직한 자루를 부자에게 건네며 말했다.

"세상의 어떤 것도 무시해서는 안 된다오!"

상인은 이 말의 뜻을 알아듣고 얼굴을 붉혔다. 상인은 깊게 허리를 숙여 감사를 표한 다음, 남자와 함께 서둘러 집으로 돌아왔다.

해 질 녘이 되어서야 두 사람은 집에 도착했다. 상인과 남자는 힘을 모아 자루에 든 작은 돌들을 우물에 털어넣었다. 그런 다음 상인은 아내에게 달려갔다. 그러나 아내는 여전히 울고 있었다. 눈물이 적어지기는 했지만. 여전히 우물 안에 물이 남았음에 틀림없다.

두 사람은 우물가의 정자에 앉아 이마를 찡그린 채 아무 말도 하지 않았다.

한참 궁리한 끝에 남자는 손으로 무릎을 탁 쳤다. 그는 바지 호주머니에서 가죽 주머니를 꺼내 그 고운 금빛 가루를 약간 우물 안에 뿌렸다. 금빛 가루는 모래알처럼 아주 작은 틈새까지 스며들었다. 이제 우물은 완전히 채워졌으며, 물의 마지막 방울까지 말라버렸다. 놀란 상인은 다시금 서둘러 아내의 침실로 뛰어갔다. 드디어! 자리에서 일어선 아내는 환한 웃음으로 남편을 맞아주었다. 상인은 아내의 손을 잡고 계단을 내려와 정원을 가로질러 우물가로 왔다. 정원에는 은방울꽃과 사프란이 만발했다.

"정말 고맙습니다. 선생은 제 인생의 가장 소중한 것을 되찾게 해주셨습니다!"

상인이 남자에게 말했다.

돌연 벚꽃도 피어나며 그 향기를 축포처럼 쏘아댔다.

"축제를 벌입시다! 이 섬에 머무르는 한, 선생은 제 손님이십니다."

상인이 말했다.

달이 떠올랐을 때 남자는 자신이 묵을 방으로 들어왔다. 창밖으로 저택에 이르는 길에 목련이 만개한 것이 보였다. 그야말로 꽃구름이다.

34

아침은 유채꽃밭처럼 반짝였다.

"우물 안의 귀중한 재산을 어찌하시렵니까?"

집사가 상인에게 물었다.

"그건 그대로 두게."

"주인님의 재산인데요."

"소중한 재산은 다른 것이네."

"그럼 주인님은 세상에서 가장 가난한 무역상입니다."

"돌은 나를 부유하게 만들지 못하네."

"그러나 우물 안의 돌은, 주인님이 가진 전부입니다."

"그것이 나를 어떻게 만들었던가? 나는 재산 모으는 일에만 몰두해 아내를 소홀히 했네. 아내의 병은 그 많은 재산이 내 눈을 흐리게 만들었음을 분명하게 깨우쳐주었지. 내 인생은 헛것에 매달렸던 걸세."

집사는 황당하다는 듯 고개를 저었다.

"하마터면 나는 아내를 잃을 뻔했네. 진정한 부는 우리 안에 있어. 이 소중한 것을 우리는 지켜야만 한다네."

상인이 말했다.

"그렇지만 돌을 우물에 그대로 둔다면, 주인님은 이제 알거지입니다."

집사가 한숨을 쉬었다.

상인은 미소를 지을 뿐 아무 말도 하지 않았다.

잠시 뒤 상인은 이런 말을 했다.

"부유함을 외적인 영향을 받는 재산으로만 생각하는 사람은 그것을 잃는 게 아닐까 끊임없이 근심하지. 그러나 우리 안에 있는 것은 누구도 빼앗을 수 없다네."

"주인님이 가진 전 재산이 우물 안에 있다고요!"

집사는 답답하다는 듯 가슴을 쳤다.

"우리가 가진 유일하게 확실한 것은 현재라네. 성실히 살아내지 않은 하루는 현재는 물론이고 과거도 텅 비게 만들 뿐이야. 온전하게 살아내는 인생, 이것이야말로 진정한 재산이라네!"

"무슨 말씀이세요. 전 재산을 우물에 처박아두는 것은 잘못입니다."

집사가 고집을 피웠다.

"우물을 채운 돌을 다시 꺼내면 얼마 지나지 않아 다시 물이 가득 찰 걸세. 온 백성을 눈물 흘리게 만들 충분한 물이."

"도대체 뭐하는 겁니까? 그 재산에 제 인생이 달려 있다고요."

집사가 분통을 터뜨렸다.

"자네 인생은 그것과는 아무 상관도 없다네."

"돌이 우물 안에 있는 한, 저는 쓸모가 없다고요."

"자네에게 가치를 선사해주는 것은 돌이 아니라네. 가치는 자네 스스로 만들어내야 하네."

집사는 상인이 하는 말을 이해하지 못했다. 결국 이날 집사는 짐을 싸서 집을 나갔다.

35

"과감하셨네요. 집사를 그냥 가게 내버려두셨어요?"

남자가 물었다.

"가겠다는 사람을 붙잡을 수야 없죠. 집사는 제가 없어도 살 수 있다는데, 저는 집사 없이 살 수 없다면 그런 불행이 또 있겠습니까?"

상인은 껄껄 웃었다.

"저는 이 우물에서 단 하나의 돌도 빼지 않을 겁니다. 제 아내와 제가 살아 있는 한! 오랫동안 저는 다른 사람들처럼 힘들여 돈을 모으기만 했습니다. 그러나 갖은 고생을 하며 모은 돈은 독버섯이나 다름없더군요. 인생을 여러 번 살아도 될 만큼 돈을 모았지만 그 많은 재산이 무슨 소용이었나요? 재산이 일정 정도를 넘어서면 우리가 돈을 가지는 게 아니라, 돈이 우리를 가지더군요. 마음의 평정을 깨뜨리는 훼방꾼일 뿐이에요. 재산은 다시 잃는 게 아닐까 우리를 노심초사하게 만들기 때문에 행복하지 못하게 만듭니다."

"그 말씀은 재산을 쌓기보다 잃는 것이 더 쉽다는 뜻인가요?"

"저는 먹고사는 데 꼭 필요한 정도만 가진 사람이 훨씬 더 행복하다고 생각합니다. 그 이상을 가져야만 하지 않을까 하는 불안은 느낌일 뿐, 사실과 맞지 않아요. 넘쳐나는 호화로움이 왜 필요하죠? 과시하려고?"

두 사람은 함께 정원을 거닐다가 담벼락에 난 구멍과 틈새에 거미줄이 쳐진 것을 보았다. 아침 이슬이 진주처럼 방울방울 맺힌 거미줄은 그 자체로 예술 작품이다.

"아세요?"

상인이 운을 뗐다.

"지금껏 인생을 살아오며 제가 저지른 가장 큰 실수는 돈이 저를 자유롭게 만든다고 믿은 겁니다. 그러나 정신의 자유야말로 우리가 이룩할 수 있는 유일한 자유입니다. 정신의 자유가 아닌 다른 모든 관점에서 보면 우리는 누구라 할 것 없이 어딘가에 사로잡힌 포로와 다르지 않아요. 저기 거미줄에 걸린 벌레처럼."

상인은 이렇게 말하며 거미줄을 가리켰다. 그리고 말을 이었다.

"어떤 사람들은 재산이나 높은 지위 혹은 책임에 묶여 있죠. 다른 사람들은 미천한 출신 같은 발걸음을 막는 돌부리

때문에 괴로워합니다. 또 다른 사람들은 자신의 인생에 완전히 갇혀 빠져나갈 길을 찾지 못합니다. 우리는 모두 운명의 포로인 거죠."

"그렇지만 운명의 줄은 저마다 다르죠. 첫째 경우의 사람들은 운명의 줄이 길고, 둘째 경우의 사람들은 바짝 조여 힘들고, 셋째 경우의 사람들은 올가미로 목을 죈 듯해서 옴짝달싹하지 못하죠."

남자는 이렇게 말하며 물끄러미 거미줄을 보았다. 그리고 말을 이었다.

"가난한 사람에게 동정심을 느껴본 적이 있으신가요?"

"운명은 불공평하죠. 태어날 때부터 어떤 사람은 부자고, 다른 사람은 가난합니다. 그렇지만 경험해보니 막대한 부는 오히려 자신을 가난하게 만들며, 가난함이 거꾸로 풍요로움을 만들어주더군요. 운명이 언젠가는 부를 선물해주겠지 하고 기다려서는 안 됩니다. 자기 자신을 돌볼 때 진정한 풍요가 찾아옵니다. 자신의 꿈에 충실하게 살아갈 때 더 나은 인생을 찾을 수 있습니다."

상인이 말했다.

"그렇지만 운명은 너무도 가혹해서 우리에게 중요한 것을 순식간에 앗아가 버리지 않나요?"

남자가 물었다.

"그런 일은 누구나 겪을 수 있죠. 저도 운명의 시련을 맛보지 않았습니까? 해악은 언제라도 우리를 집어삼킬 수 있습니다. 바로 그래서 우리는 사고를 당하지 않고 살아가는 것에 겸손하고 감사한 마음을 가져야 합니다. 모든 고통은 언제라도 우리를 엄습할 수 있으니까요. 행복이 불행으로 바뀌는 데 채 1초라는 순간이 걸리지 않을 때도 많습니다. 흔히 우리는 이런 사실을 의식하지 못하고 살아가죠."

상인이 말했다.

"그런 불행한 운명은 우리 안의 모든 것을 무너뜨리지 않나요?"

"바로 그래서 우리는 자신을 돌보는 의무에 소홀하지 말아야 합니다. 좋은 인생을 일구려 노력해야죠. 어떤 인생이든 운명의 위협은 도사리고 있습니다. 어떤 사람은 일찌감치, 또 다른 사람은 늦게 거기에 노출됩니다. 불행의 격류를 피할 수 있는 사람은 없죠. 바로 그래서 우리는 매 순간 최선을 다하며 훌륭한 인생이라는 탑을 쌓아야 합니다. 운명의 공격을 무릅써가며 늘 다시 인생의 조종간을 자신의 손으로 잡아야 합니다. 불행은 현재에 부담을 주고 과거를 흐려놓지만, 우리의 미래까지 앗아갈 수는 없습니다. 그런 일은 우리 스스로 막아야죠. 자, 이제 저는 가야 합니다."

상인은 일어섰다.

"지켜야 할 약속이 있거든요."

상인은 거미줄을 가리키며 미소를 지었다. 그리고 사라졌다.

*

남자는 상인의 정원에서 하루 종일을 보냈다. 사방이 꽃이며, 모든 것이 향기다. 하늘에는 새하얀 구름이 느릿느릿 흘러간다. 언덕 위에서 보니 눈길 닿는 모든 곳이 녹색이다. 저 멀리 섬 마을들의 지붕들이 햇살을 받아 반짝인다. 반짝임은 바다로까지 이어져 세상을 하나로 묶는다.

36

'참 고결한 정신을 지닌 분이야.'

다음 날 아침 남자는 상인과 작별 인사로 악수를 나누며 생각했다. 요 며칠 사이 그와 나눈 대화로 많은 것을 깨달아 그에게 감사한 마음이 들었다. 그러나 이제는 새를 찾아 떠나야 할 때다.

상인은 섬의 동쪽 해안에 사는 양봉업자를 찾아가보라고 남자에게 권했다. 양봉업자는 벌통을 가지고 섬 전체의 나무들을 찾아다니기 때문에 섬의 모든 식물과 동물을 환히 알고 있다는 거였다. 그러니 남자가 찾는 특별한 새가 어디 사는지도 분명 알고 있을 거라고 했다.

"그리고 잊지 마시고 중간 지점에서 만나는 휴게소에서 꼭 쉬어 가세요. 양봉업자에게 가는 먼 길에서 그곳이 유일한 쉴 곳이니까요."

상인이 말했다.

*

남자는 가로수가 목련인 길을 따라 걸어갔다. 섬에 도착했을 때만 해도 아직 겨울잠을 자고 있던 목련이 지금은 꽃을 활짝 피웠다. 꽃잎에 맺힌 이슬방울이 영롱하다. 달콤한 향기가 남자의 코끝을 간질인다. 완벽한 향기의 천국이 펼쳐진다.

남자 앞에 물이 한 잔 놓여 있다. 유리잔은 사분의 삼 정도 채워져 있다. 남자는 서둘러 잔을 움켜쥐고 벌컥벌컥 물을 마셨다. 잔이 아직 다 비워지지 않았음에도 남자는 물병을 잡아 다시 잔을 채웠다. 서두르는 바람에 물이 넘쳤다.

"먼저 다 마시고 채우는 것이 낫지 않겠소? 물이 다 쏟아지는구먼."

마찬가지로 휴게소에서 쉬고 있던 노인이 남자를 보며 말했다.

"제 목이 사포만큼이나 말라서요."

사레가 걸린 남자는 콜록거리고는 다시 물을 마셨다. 그리고 말을 이었다.

"여기까지 오는 길이 생각했던 것보다 훨씬 더 멀었어요. 물 한 방울 구경도 못 하고 몇 시간을 걸었습니다."

"물을 절반이나 쏟지 않았다면 갈증은 더 빨리 풀리지 않았겠소?"

다시금 남자가 물병을 잡아 잔에 가득 붓는 바람에 물이 넘쳐흘렀다.

"그대는 낫의 날을 얼마나 오래 벼리시오?"

노인이 물었다.

"낫의 날을 얼마나 오래 벼리냐고요? 그거야 되도록 날이 날카로워질 때까지 벼리겠죠."

"그냥 충분히 날카로울 정도로 벼려도 되지 않겠소?"

"무슨 말씀이신지?"

"충분히 날카로우면 목적을 이룬 거죠. 벼를 베기에 충분할 정도로."

노인은 이렇게 말하며 자신의 턱을 쓰다듬었다. 수염이 어찌나 까칠한지 꼭 밤송이를 보는 것만 같다.

"낫을 필요 이상으로 날카롭게 한다고 해서 그 날카로움이 더 오래 유지되는 건 아니오. 그저 쇠나 빨리 닳게 할 뿐이고, 오히려 손을 벨 위험만 더 커진다오."

남자는 머리를 들어 노인을 보았다.

"무슨 말씀이신지 잘 모르겠습니다."

"잔은 특정 양의 물을 담도록 만들어지죠."

"예?"

남자는 여전히 노인이 무슨 말을 하고 싶어 하는지 이해가 되지 않았다.

"지금 그대는 필요 이상의 과잉을 빚어내고 있소. 잔에 감당할 수 있는 것보다 더 많은 물을 따랐소. 지나치게 많이. 낫의 날을 필요 이상으로 날카롭게 벼리는 것도 마찬가지로 과잉이라오."

남자는 오른손에 쥐고 있던 잔을 식탁에 내려놓다가 자신이 만들어놓은 흥건한 물에 옷소매를 흠씬 적시고 말았다.

"아, 이런!"

남자는 젖은 소매를 보며 투덜거렸다.

"빈 공간을 주목하시오. 충분한 때가 언제인지 알아야 하오."

노인이 말했다.

남자는 소매의 물을 쥐어짰다. 노인이 계속 말했다.

"좋은 인생은 여유를 가지고 빈 공간을 만들어두어야 시작된다오. 꽉 채워진 인생에는 새로운 것이 들어설 자리가 없죠. 빈 공간을 주목한다면, 당신이 가진 모든 것이 이미 충분함을 알게 될 게요."

"무슨 뜻으로 하시는 말씀인가요?"

"내 말은 새로운 가능성이 들어설 빈 공간을 마련해두는 것이 성취만큼이나 중요하다는 뜻이라오."

그런 다음 노인은 자리에서 일어나 돌 몇 개를 식탁에 놓고 나갔다. 남자는 한동안 바에 그대로 앉아 있었다. 흠씬 젖은 소매와 생각에 잠긴 눈길로.

38

새의 자취는 여전히 찾을 길이 없다. 이곳이 영원한 봄의 섬임에도. 섬의 동쪽으로 가는 길은 사람의 발길이 거의 닿지 않은 모양이다. 길은 험하고 잡초가 무성하다. 어느 방향으로 가야 할지 몰라 어리둥절한 때가 한두 번이 아니다. 길이 끊겼다. 한동안 헤매다가 모랫바닥에 찍힌 발자국을 보고 남자는 다시 방향을 잡곤 했다. 남자는 덤불을 헤맨 끝에 마침내 양봉업자의 집을 발견했다. 구름 같은 꿀벌 떼가 벌집 주위를 윙윙 맴돈다. 양봉업자는 마침 꿀을 따려 벌집에 연기를 피워대고 있었다.

"이래야 벌이 덜 쏘거든요."

멀리서 오고 있는 남자를 일찌감치 발견했던 양봉가가 말했다.

"저도 그렇길 바랍니다. 우리 둘 다 무사하도록 말이죠."

두 사람은 마주 보며 웃었다. 양봉가의 눈은 생동감으로 빛났고 짙은 곱슬머리는 대팻밥처럼 억셌으며 질긴 펠트처럼 뺨을 덮은 구레나룻은 거의 턱 밑까지 내려왔다. 키는 작고 어깨 좀 뚱뚱해 보였으나, 자세히 보니 이런 인상은 착각이었다. 아마도 바지 허리띠를 너무 올려매어 그렇게 보이는 모양이다.

"이곳을 찾기가 쉽지 않더군요. 제가 이렇게 어려운데 꿀벌들은 어떻게 집을 찾는지 신통하기만 하네요."

남자가 말했다.

"벌이 벌집의 구멍을 어떻게 찾느냐는 말씀인가요? 주변과 벌집 색깔 그리고 벌집이 발산하는 향기로 방향을 찾죠."

"정교한 항법 장치네요. 저에게도 그런 것이 있다면 좋겠어요."

"세상의 모든 것은 저마다 맞춤한 항법 장치를 가지고 있죠."

"그렇다면 제 것은 어떻게 작동하는지 제가 아직 알아내지 못한 모양이네요."

"무엇을 찾고 계신가요?"

"특별한 새를 찾고 있습니다. 무역상은 당신이라면 아마도 저를 도울 수 있을 거라고 하더군요."

남자가 대답했다.

"무슨 새라고요?"

"깃털의 색은 물감 상자처럼 다채롭고 불꽃놀이를 보는 것처럼 반짝이죠. 새가 닿는 곳마다 꽃이 피기 시작합니다."

"그런 새가 이 섬에 있다면 틀림없이 제가 알고 있을 텐데요."

"전혀 보지 못하셨나요?"

"왜 그 새가 이 섬에 있을 거라고 여기시죠?"

"그 새가 있는 곳은 봄이 되니까요."

"아마도 이 섬에는 선생의 새가 전혀 필요 없을 겁니다. 이곳은 언제나 봄이니까요."

양봉가는 하던 일을 멈추고 손님을 집 안으로 들였다. 남자는 고개를 푹 숙이고 그를 따랐다.

"실망하셨나요?"

양봉가가 물었다.

"저는 아무래도 끝없는 미로를 헤매는 모양이네요."

"많은 경우 우리는 어떤 것이 특별하다고 생각하기 때문에 그걸 갈망하죠. 그런데 우주가 정작 그것을 우리에게 선물하면, 실체는 전혀 다른 것으로 밝혀지곤 합니다. 반드시 가졌으면 하고 갈망하는 것을 얻지 못했거나, 당장 얻지 못하는 것이 오히려 인생의 행운일 수 있습니다. 아마도 선생에게는 시간이 더 필요한 모양이죠. 새를 위한 때가 아직 무르익지 않았다고나 할까요?"

두 사람은 주방의 식탁에서 마주 앉았다. 이미 해가 많이 기울어 비스듬하게 창틀에 걸려 있었다.

“아무래도 저는 새를 따라나서지 않았어야 했나 봐요.”

남자는 이렇게 말하며 두 손으로 머리를 감쌌다.

“저기 창문에 달라붙어 있는 파리가 보이시나요?”

양봉가가 물었다.

“보세요.”

그는 창문을 연 다음 말을 이었다.

“제가 창문을 열어줘도 파리는 빠져나갈 길을 찾지 못해요. 먼저 창문에서 떨어져 방 안으로 날아들어가야 하죠. 어둠 속으로. 일단 목적지로부터 멀리 떨어져야 합니다. 멀리서 보아야만 목적지에 이르는 길이 보이죠.”

“제가 너무 집착하고 있나요?”

남자가 물었다.

“아마도.”

양봉가는 이렇게 말하며 꿀을 탄 따뜻한 차 한 잔을 남자에게 권했다.

39

"꿀벌과 일하는 것이 행복하세요?"

남자가 물었다.

"할 만합니다. 의미 있는 일이에요."

양봉가가 대답했다.

"그리고 행복하세요?"

"죄송하지만 물음을 이해하지 못하겠네요."

"음, 행복이란 인생 최고의 목적이 아닌가요?"

"저는 끊임없이 행복만 추구하는 것을 사람들이 과대평가한다고 생각합니다."

양봉가가 대답했다.

"과대평가? 우리는 누구나 행복하기를 원하잖아요."

"인간이 진정으로 찾는 것은 무엇일까요? 행복일까요, 의미일까요?"

"같은 것이 아닌가요?"

남자가 물었다.

"제가 보기에는 행복하게 만들어주지는 않지만, 의미는 빛어주는 일이 있더군요. 저는 건강한 삶을 위해서는 행복보다 의미가 더 소중하다고 생각합니다. 의미는 행복보다 더 안정적이니까요. 자신에게 맞는 의미를 찾은 사람은 더는 우연에 기대지 않죠. 반대로 행복은 대단히 깨어지기 쉽습니다. 행복한 순간은 불쑥 나타났다가 순식간에 다시 사라지죠."

"의미가 더 든든하다. 그 말에는 동의합니다."

"저는 끊임없는 행복 추구가 안타깝게도 우리를 우리 자신으로부터 멀리 떼어놓는다고 생각합니다. 행복을 추구할 때 우리는 바깥 세계로 치닫게 마련이죠. 바깥 세계가 기분 좋게 해줄 거라고 기대하는 거죠. 그래서 외적인 것에 극도로 매달리게 됩니다. 반대로 의미를 추구할 때 우리는 내면에 집중하게 되죠. 평안한 마음으로 여유를 가지고 우리가 누구인지, 왜 인생을 사는지 알아보는 겁니다. 이런 사색을 통해 우리의 영혼이 조화를 이루게 되죠. 이처럼 중심을 찾은 사람은 자동적으로 내면에서 우러나는 일, 우리 자신에게 꼭 맞는 일을 하죠. 저에게 그 일은 꿀벌을 키우는 일입니다. 그러면 행복을 찾으려는 집착과 조바심이 저절로 사라지고, 행복의 순간이 오히려 우리를 찾아옵니다."

"그렇군요. 왜 저는 단 한 번도 그런 생각을 하지 못했을까요? 선생 말이 맞습니다. 의미로 충만한 생각이군요."

남자의 얼굴이 환하게 빛났다.

양봉가는 찻잔에 새 차를 따랐다.

40

남자는 꿀벌이 꽃을 찾으러 갔다가 다시 벌집으로 돌아오는 길을 어떻게 알아내는지 많은 것을 배웠다. 또 꿀벌이 서로 소통하는 방법도. 그러나 무엇보다도 남자에게 소중했던 깨달음은 자신의 진정한 자아에 눈뜬 것이다. 그렇다, 나의 인생은 다른 누구도 아닌, 바로 나 자신의 인생이다. 강렬한 깨달음은 심장을 뜨겁게 달구었다.

기적의 새는 여전히 찾지 못했다. 그러나 그 대신 자아를 깨우친 경험이 소중하기만 했다. 오랜 세월 동안 그의 영혼을 뒤덮었던 검은 장막이 천천히 걷히고 있었다. 이번 여행을 통해 남자는 점차 과거라는 무거운 짐을 내려놓고 현재라는 순간에 충실할 줄 아는 법을 깨우쳤다. 짊어진 짐이 가벼워진 대신 심장으로 세상을 보는 능력이 향상되었다고 할까?

다음 날 아침 남자는 휘파람을 불며 길을 떠났다. 밤새 비가 내려 생긴 물웅덩이에서 제비가 부지런히 무언가를 쪼아

옮긴다. 둥지를 지을 촉촉한 진흙을 마련하는 모양이다. 포구에서 멀리 떨어지지 않은 곳에서 남자는 귀에 익숙한 지저귐을 들었다. 지저귐 소리는 갈수록 커졌다. 사랑스러운 노랫소리에 남자의 온몸이 따뜻함으로 가득 찼다. 이 소리를 안다. 정말 그랬다! 바로 남자가 찾아온 새의 지저귐이다. 남자는 눈을 크게 뜨고 덤불을 헤치며 새를 찾았다. 조심스레 가지를 차례로 더듬어가며. 딱! 발밑에서 가지 부러지는 소리가 났다. 그때였다. 남자는 바로 자신 앞에 있는 새를 보았다.

마법의 새는 어린 사과나무 가지 위에 앉아 노래를 부르고 있었다. 수줍게 고개를 든 꽃봉오리가 활짝 피었다. 사과꽃은 작고 하얀 별처럼 반짝였다. 남자의 발 주위에 있는 흙에서도 싹이 고개를 내밀며 평소 보지 못해 그 이름을 알 수 없는 아름다운 꽃들을 피웠다. 이런 기막힌 광경이 또 있을까? 허공에서는 짙은 아로마가 춤을 추며 남자의 코를 파고들었다. 다양한 향기가 폭죽 터지듯 한다. 은방울꽃과 오렌지꽃 그리고 헬리오트로프, 일랑일랑, 아마릴리스, 보로니아의 향기에 사과꽃의 신선한 향기가 더해져 그야말로 향기의 축제가 벌어진다. 남자는 숨을 깊이 들이마시며 경쾌함의 아로마를 만끽했다.

남자는 까치발을 하고 새를 향해 손을 최대한 뻗었다. 손가락 끝에 날개가 닿았다. 새와의 접촉으로 남자는 짜릿한 전

율과 함께 온몸을 들어올리는, 거의 공중에 뜨게 만드는 힘을 느꼈다. 남자의 눈앞에는 지상의 모든 색들이 펼쳐졌다.

돌연 뒤에서 쿵 하는 소리가 났다. 놀란 남자는 자세를 바로잡고 뒤를 돌아보았다. 남자는 흙더미가 바다로 떨어지는 소리를 들었다. 얼마 지나지 않아 다시 조용해졌다.

그때 어떤 소녀의 음성이 들렸다.

"오, 안 돼!"

정적. 그저 파도치는 둔중한 소리가 들릴 뿐이다.

그랬다가 다시 소녀의 외침이 들렸다.

"안 돼! 내 꿈!"

남자는 주위를 살피다가 다시 눈을 들어 새를 보았다.

소녀는 훌쩍였다.

"내 꿈을! 이를 어째!"

남자는 목소리가 들리는 쪽으로 달려갈지, 아니면 새를 놓치지 말아야 할지 몰라 난감했다. 어떻게 한다?

남자는 소녀의 목소리가 들리는 쪽으로 뛰어가면서 새를 놓치지 않으려 거듭 뒤를 돌아보았다. 마침내 남자는 울고 있는 소녀가 서 있는 낭떠러지 위에 도착했다. 소녀는 돌처럼 굳어져 두 손으로 얼굴을 감싸고 흐느낀다. 끈으로 묶은 머리가 말꼬리처럼 소녀의 목에서 흔들린다. 남자는 낭떠러지 아래를 살폈다. 암벽의 날개 한 쪽이 무너져내렸다. 낭떠러지를 이루고 있는 암벽에는 작은 구멍이 많은 게 틀림없다. 스펀지처럼 밤새 내린 비를 머금은 암벽 날개가 무게를 이기지 못하고 무너진 것이다. 바다에서 중간 정도 되는 높이에 쓸리다 만 흙더미가 엉켜 있으며 그 위로 종잇조각들이 어린 싹처럼 드문드문 솟아 있다.

"내 꿈!"

소녀가 울먹였다. 이제는 조금 진정되었는지 얼굴을 감쌌던 손을 풀었다.

"매년 생일이면 이곳에 찾아와 내 꿈을 적은 쪽지를 나무 상자에 담아 돌 밑에 묻어두었어요. 그런데 간밤의 폭우가 내 상자를 쓸어가 내 꿈을 모두 깨버렸어요."

남자는 등을 돌려 새를 살폈다. 새는 여전히 사과나무에 앉아 노래를 불렀다. 이제 다시 새를 놓칠 수는 없다. 절대 놓쳐서는 안 된다. 그 먼 길을 새만 따라왔다. 이제 이토록 가까이 있건만.

남자는 다시 소녀를 보았다. 다시 고개를 뻗어 낭떠러지 아래를 살폈다. 중간의 흙더미는 그대로다. 어린 소녀의 추락한 꿈. 그동안 새는 노래하기를 멈추고 가지에서 날아올랐다. 꽃이 다시 봉오리가 되어 흙 속으로 돌아간다. 날아오른 새는 남자의 머리 바로 위를 맴돌았다. 귀에는 소녀의 울음소리를, 눈에는 새를 향한 갈망을 담은 채 남자는 잠시 망설였다. 남자는 새를 만지려 팔을 높이 뻗고 점프했다. 간발의 차이로 만지지 못했다. 한 번 더 뛰면 성공할까? 그러나 소녀의 울음소리가 남자의 발을 바닥으로 끌어내렸다. 심장이 두 쪽으로 찢어질 것처럼 아프다. —— 남자는 새를 날아가게 두었다.

남자는 우주의 모든 기운을 받아들이려는 듯 숨을 크게 들이마셨다. 허파의 구석구석까지 공기로 채워지자 천천히 내쉬었다. 이제 남자는 곧 무너져내릴 것만 같은 가파른 낭떠러지를 타고 내려가기 시작했다.

발아래서 돌무더기가 거듭 무너져내리며 바다로 떨어진다. 높이 튀어오른 물거품이 안개비가 되어 남자를 휩싼다. 갈매기들이 맴돌며 날카롭게 울부짖는다. 지지대 삼아 손으로 잡은 돌이 부서진다. 이대로 죽을지도 모른다는 두려움에 남자는 눈을 들어 하늘을 우러렀다. 그때 남자는 보았다. 자신의 바로 위에서 맴돌고 있는 마법의 새를. 활짝 펼친 날개로 유유자적 선회하며 남자를 굽어보는 듯하던 새는 다시 힘찬 날갯짓을 시작하며 날아가기 시작했다. 섬으로부터 멀리, 남자로부터 멀리.

41

확실하게 발을 디뎠다고 믿은 순간, 다시 발아래 돌이 무너지면서 남자는 미끄러지기 시작했다. 그야말로 찰나의 순간이었음에도 남자는 지금까지 살아온 인생이 주마등처럼 스쳐지나가는 것을 지켜보았다. 마치 슬로비디오처럼. 그렇게 몇 미터를 추락한 끝에 남자의 몸은 간신히 흙더미 옆에 걸렸다. 무너진 꿈들이 고개를 내민 싹처럼 그를 지켜본다.

남자는 손과 팔과 발과 다리를 차례로 살폈다. 다행히도 쓸리기만 했을 뿐 심하게 다친 곳은 없다. 남자는 무릎으로 기어가며 쪽지들을 찾아 모았다. 손 하나 크기 옆으로 심연이 삼킬 듯이 주둥이를 벌리고 있다. 그야말로 구사일생이라고 남자는 생각하며 계속 종이를 모았다. 대개 맨손으로 후벼파야 했다. 이따금 파도가 포효하며 물거품을 뿌려댄다.

마침내 종이들을 모두 모았다. 남자는 그 꿈들을 손에 꼭 쥐었다. 고개를 들어 위를 올려다보니 소녀가 꼼짝도 않고 서 있다. 아래에서 보는 소녀는 한 마리 작은 새 같다. 주위를 살핀 남자는 다시 단단한 부분을 찾아가며 올라가기 시작했다. 마침내 도착한 남자는 종이 뭉치를 소녀에게 건넸다.

"아저씨가 제 꿈을 구해주셨어요!"

소녀는 이렇게 외치며 왈칵 남자 품에 안겼다.

"이제부터는 잘 보살피렴."

소녀는 미소를 지으며 고개를 끄덕이고는 돌아서서 달리기 시작했다. 남자는 달려가는 소녀의 뒷모습을 오랫동안 지켜보았다. 말꼬리처럼 흔들리던 소녀의 머리가 나무들에 가려 보이지 않을 때까지.

여행을 시작하고 처음으로 남자는 울기 시작했다. 그리고 눈물을 흘릴수록 점점 더 마음이 가벼워지는 것을 느꼈다.

42

남자는 삶과 죽음 사이의 불분명한 경계 위에 서 있었다. 어느 쪽이든 가능했다. 항상 양쪽은 부릅뜬 눈으로 그를 지켜보았다. 지금이 아니라 지난 세월 동안 항상 그래왔다. 오늘 남자는 어린 소녀의 꿈이 죽는 것만큼은 막아주었다.

우리 모두는 죽는다. 언제라도. 이런 외침이 머릿속에서 울린다. 그러나 우리는 병, 사고 또는 노년이라는 문턱에 이르러서도 지금까지 살아왔던 것처럼 계속 살아가리라고 믿는다. 죽음이 언제 찾아와 자신을 데리고 갈지 우리는 모른다. 죽음은 언제 찾아오겠다고 미리 알려주는 적이 없다.

남자는 호주머니에서 금빛 가루를 담은 주머니를 꺼내 열고 그 안에서 종이쪽지를 꺼냈다. 알에서 발견했던 텅 빈 종이쪽지를. 그런 다음 남자는 금빛 가루를 약간 종이 위에 뿌렸다. 한낮의 햇빛이 금빛 가루에 부딪쳐 굴절하자 가루들이 반짝이기 시작했다. 남자는 흰 종이 위에서 펼쳐지는 그 반짝임을 물끄러미 바라보았다. 순간 남자는 자신의 인생이 다르게 보이는 것을 확인했다. 우리 눈에 비춰진 반짝이는 꿈의 영상은 꿈 그 자체 못지않게 아름답다. 우리 영혼이 갈망하는 인생은 실제 인생 그 자체 못지않게 소중하다. 남자는 자신의 존재가 영혼 깊숙한 곳에 뿌리를 드리웠음을 깨달았다. 우리는 우리가 생각하는 것 그 이상이다. 우리는 우리가 아는 것 그 이상이다.

43

남자는 남쪽에 있는 육지로 자신을 태워다줄 배를 기다렸다. 그곳으로 건너가면 새를 찾을 수 있을 거라는 기대를 품고.

어디선가 갑자기 젊은 처녀가 나타났다. 남자의 가슴을 후벼파는 기억과 함께. 처녀는 아름다웠다. 당시의 그녀처럼. 얼굴도 닮았다. 처녀의 출현으로 남자의 눈앞에 그의 인생 전체가, 그의 과거 전체가 되살아났다. 다시금 과거가 남자를 사로잡으려는 걸까? 돌이켜보는 것만으로도 가슴이 아프다. 혹시 인생이 그에게 다시 한 번 기회를 선물하려는 걸까?

햇살을 받은 처녀의 머릿결이 황동처럼 반짝인다.

"배를 타고 도착하셨나요?"

"저는 섬에서 벌써 며칠을 보냈습니다. 그리고 다시 육지로 타고 나갈 배를 기다리는 중입니다."

남자가 말했다.

"가신다고요? 저런 아쉬워라."

"예, 오늘 가야만 합니다."

처녀는 남자 옆에 있는 말뚝, 배의 밧줄을 매어두는 말뚝 위에 앉았다.

"정말 아쉽네요. 그런데 배가 보이지 않네요. 오늘 들어오는 게 확실한가요?"

처녀는 얼굴에서 머리를 쓸어넘겼다.

"운항 시간표에는 그렇게 쓰여 있군요."

남자는 이렇게 말하며 시간표가 걸려 있는 기둥을 가리켰다. 남자는 옷소매를 걷어올리고는 바지 호주머니에서 회중시계를 꺼냈다.

"조금만 기다리면 도착할 겁니다."

"아름다운 시계네요."

처녀가 말했다.

남자의 귀에 그녀의 목소리는 음악처럼 들린다. 그렇다고 가슴을 파고드는 것은 아니다. 부드럽다. 만선으로 부두로 돌아오는 어선처럼 부드러운 여유를 자랑하는 목소리다.

"아버지가 선물해주신 것이죠. 제 유일한 재산입니다. 이 시계는 저희 가문에서 대대손손 전해내려온 겁니다. 항상 아버지가 아들에게 선물하며. 아버지를 마지막으로 뵈었던 날 저는 고작 아홉 살이었죠. 아버지는 시계를 제 손에 쥐어주며 말씀하셨어요. '언젠가 네가 나를 더는 보지 못하는 날이 올지라도 이 시계를 가지고 있으면 나는 항상 너와 함께 있는 거야.'"

"귀중한 선물이네요."

"시계는 제 어린 시절을 평온하게 지켜줬습니다. 저는 시계를 항상 지니고 다녔죠. 시계가 없으면 저는 헐벗은 것처럼 느낍니다. 정말 허전하죠. 시계는 아버지가 선물해주신 과거의 일부이니까요. 아버지의 음성, 저를 안아주시던 넉넉한 품, 한마디로 아버지에 대한 기억이죠."

"소중한 시계네요."

"그 무엇과도 바꿀 수 없는 것이죠."

"돈으로 살 수 없는. 좀 자세히 살펴볼 수 있을까요?"

처녀가 말했다.

"내키지 않네요. 기분 나쁘게 받아들이지는 마세요. 하지만 저는 이 시계를 절대 손에서 놓지 않습니다. 잠깐이라도."

남자가 말했다.

"그 마음 이해해요."

처녀는 이렇게 말하며 억지로 미소를 지어 보였다.

두 사람은 나란히 앉아 각자 바다를 지켜보았다. 아무도 말을 하지 않았다. 여자는 남자의 말에 상처를 받은 걸까? 햇빛을 받은 파도가 산봉우리에 쌓인 눈처럼 반짝인다. 그런데 수평선 저 너머에서 배가 나타났다.

"오네요."

처녀가 말했다.

남자는 고개를 돌려 처녀를 보았다. 가까이서 보아도 처녀는 한때 남자에게 모든 것을 뜻했던 여인과 무척 닮았다. 아니면 남자가 그냥 그렇게 보기 원하는 걸까?

그동안 배는 부두에 닿았다. 정박하기 위해 부두로 들어오는 배의 뱃전이 선착장의 나무와 가볍게 쓸리는 소리가 난다. 선원이 선수에 서서 능숙한 솜씨로 밧줄 올가미를 말뚝에 던졌다. 이제 밧줄을 팽팽히 잡아당기며 배가 부두에 정박할 수 있게 유도한다. 마침내 배가 부두에 안전하게 정박했다. 승객이 열두 명 정도 배에서 내린다.

처녀가 물었다.

"머무르실 수는 없나요?"

남자는 속으로 움찔했다. 그는 내심 여자가 이렇게 물어보지 않기 바랐다. 이상하게도 여자에게 끌리는 자신을 발견했기 때문이다. 그러나 내면의 목소리는 떠나야만 한다고 재촉한다. 어떻게 해야 할까? 남자는 소중한 인생의 시간을 더는 허비하고 싶지 않았다. 이제는 꿈에만 충실해야 할 때다. 그런데 정작 꿈의 내용은 무엇일까? 불과 몇 시간 전만 해도 남자에게 새와 봄을 찾아 떠나는 것보다 더 중요한 일은 없었다. 그러나 지금은?

"안타깝지만 저는 가야만 합니다. 저는 독특한 새를 찾아가고 있습니다."

남자가 대답했다.

"독특한 새라고요?"

"아주 사랑스럽고 귀여운 노래를 부르죠. 새의 깃털은 제 인생의 가장 황홀했던 순간보다 훨씬 더 아름답습니다. 새가 닿는 것마다 새로운 생명으로 깨어나죠."

"아, 그 새를 말씀하시는구나!"

처녀는 휘파람이라도 불 것처럼 입술을 오므렸다.

남자는 눈을 크게 치켜떴다.

"그 새를 아세요?"

"그럼요."

"그럼 어디 가면 그 새를 찾을 수 있는지 아시나요?"

"물론이죠."

"하지만 저는 그 새가 이미 오래전에 섬을 떠난 줄 알았는데. 멀리 날아가는 것을 보았거든요……."

"그 새는 여기 있어요. 부두에서 가까운 곳에 새의 둥지가 있죠."

너무도 놀란 남자는 눈시울을 붉혔다. 심지어 현기증까지 났다.

"제가 그 새가 있는 곳으로 안내할까요?"

"그렇게 해주실 수 있나요?"

"그럼요. 하지만 거기까지 가는 길은 비밀이라는 것을 아셔야만 해요. 제가 그곳으로 안내하려면 선생님의 눈을 가려야만 합니다."

"그런 거야 아무래도 좋아요. 그 새를 찾을 수만 있다면."

남자가 서둘러 말했다. 남자는 무엇을 믿어야 좋을지 몰랐다. 그래서 모든 것을 믿기로 했다.

그러는 사이 배에 다시 짐이 실렸고, 승객들도 모두 탔다. 선원이 밧줄을 풀었다. 출발한 배는 소리도 없이 반짝이는 바다 위를 미끄러져 나갔다. 저 커다랗고 푸르른 바다 위로.

잠시 뒤 부두는 쥐 죽은 듯 고요해졌다. 사람의 모습이라고는 보이지 않는다. 어부들도 집으로 돌아갔으며, 하늘에는 새 한 마리 보이지 않는다. 심지어 갈매기도.

처녀는 자신의 허리춤에 묶었던 천을 풀었다. 그리고 이 천으로 남자의 눈을 가렸다. 그런 다음 여자는 남자의 손을 부드럽게 잡아 이끌었다.

44

천으로 눈을 가린 채 아무것도 보지 못하고 잘 알지도 못하는 여인을 믿고 따라간다는 것은 정말 기묘한 느낌을 불러일으켰다. 본래 마음먹은 대로 섬을 떠나지 않고 처녀와 함께 가는 것이 잘못이라는 느낌을 떨칠 수 없었지만, 그래도 남자는 따라갔다. 처녀는 새가 있는 곳으로 그를 데리고 가리라. 이것만이 중요하다.

덤불을 헤치고 나아가는 길은 힘들었다. 특히 비좁은 나무 사이를 지나갔는지 가지에서 튀어나온 가시가 남자의 팔을 파고들며 상처를 남겼다. 남자는 이를 악물고 참았다.

"곧 도착해요."

처녀가 남자를 안심시키려 했다. 그녀의 목소리는 더는 상냥하지 않았다. 긴장한 기색이 느껴졌으며 쌀쌀맞았다.

남자는 눈가리개를 벗어던지고 싶은 마음이 간절했다. 그렇지만 지금 와서 포기할 수는 없다. 남자는 여인의 손에 이끌려 어둠의 미로 속을 계속 걸었다. 남자는 따가운 가시들이 할퀴어도 상관없었다. 마침내 극락조를 찾아내고 말리라. 다시는 놓아주지 않으리라.

돌연 남자는 누군가 자신 앞에 서 있다는 것을 느꼈다. 거리가 아주 가까운지 상대의 거친 숨결이 그대로 와닿았다.

상대는 탁한 목소리로 말했다.

"마침내 왔구나, 그런데 뭘 가져온 거야?"

피부에 와닿는 살벌한 공격성에 남자는 주춤 뒤로 물러섰다. 마치 차갑고 미끌거리는 도마뱀이 등을 타고 오르는 느낌이었다. 온몸의 근육이 곤두선다. 남자는 슬그머니 손을 바지 호주머니에 넣어 금빛 가루와 종이가 든 주머니를 잡았다. 뭔가 이상하다. 주변 사람들이 눈치채지 못하게 주머니를 꺼낸 남자는 그것을 떨어뜨리고 신발로 밟은 채 흙 속에 묻었다.

"그의 시계요."

처녀가 말했다. 아차 하는 순간 둔탁한 소리가 울렸다. 몽둥이가 남자의 머리를 때렸다. 남자는 그대로 쓰러졌다.

45

깨어난 남자는 온몸이 아파 꼼짝도 하지 못했다. 머리, 왼팔, 왼쪽 다리, 등이 찌르는 것처럼 아파 정신을 차릴 수가 없었다. 눈을 떴으나 칠흑같이 어둡기만 하다. 여전히 눈가리개를 하고 있었기 때문이다. 어찌 된 일인지 기억이 되살아났다. 기억을 되짚어보던 남자는 아픔에 비명을 질렀다. 악당은 머리를 얻어맞아 정신을 잃은 남자를 나뭇가지 더미 위에 그대로 던져놓았다. 배 위에 뭔가 놓여 있다. 천천히 배 쪽을 더듬던 남자는 그것을 들어올렸다.

그것은 죽은 새였다. 강탈한 것도 모자라 이런 비열한 장난을 치다니! 죽은 새는 그저 평범한 참새다. 남자는 기가 막혀 두 손가락 끝으로 새를 들어 던져버렸다. 속에서 욕지기가 치솟았다.

일어서려던 남자는 아픔 때문에 다시 누워버렸다. 다시금 온 힘을 쥐어짜 다치지 않은 오른팔로 땅을 짚었다. 그 자세로 숨을 고른 끝에 남자는 드디어 일어섰다. 거친 숨이 헉헉 쏟아진다. 그러다가 남자는 번쩍 깨달았다. 아, 시계! 시계는 사라지고 없었다. 저들은 남자의 가장 귀중한 것을 훔쳐갔다. 그의 기억을.

셔츠와 바지는 온통 피범벅이다. 그대로 주저앉은 남자는 두 손으로 얼굴을 감쌌다. 눈물이 손목 위로 뚝뚝 떨어진다. 아 이런, 금빛 가루를 넣은 주머니는 어찌 되었을까? 자신이 쓰러졌던 곳의 주변을 더듬어가며 주머니를 찾았다. 그대로 있다! 악당은 주머니를 보지 못한 모양이다. 그럼 메모장은? 다친 왼손으로 남자는 왼쪽 호주머니를 더듬어보았다. 지독한 아픔 때문에 남자는 다시 비명을 질렀다. 다행이다. 메모장도 그대로 있다. 도둑들은 그의 소중한 기억은 훔쳐갔지만, 적어도 미래의 희망에는 손을 대지 못했다.

남자는 마비된 것처럼 자신의 찢긴 옷과 상처를 멍하니 바라보았다. 손으로 자꾸 텅 빈 바지 호주머니를 만지작거렸다. 시계가 들었던 호주머니를.

갑자기 무슨 소리가 들렸다. 덤불 속에서 뭔가 움직인다. 그들이 미래마저 앗아가려 돌아오는 걸까? 혹은 죽이려고?

46

모습을 드러낸 것은 붉은여우다. 피 냄새를 맡은 것이 틀림없다. 여우의 털가죽이 햇빛을 받은 동판처럼 반짝인다. 등에 난 검은 줄이 먹잇감을 노리는 뱀처럼 나뭇가지 사이로 미끄러진다. 남자는 여우에게 배낭을 던졌다. 날아오는 배낭을 피한 여우는 잠깐 노려보더니 도망가기 시작했다. 약간 아래로 처진 흰 뱃가죽과 함께 흔들거리던 여우의 꼬리는 이내 사라졌다. 운이 좋았다. 두려움이 남자를 엄습했다. 빨리 이곳을 떠나야만 한다. 되도록 빨리! 저들이 돌아오거나 짐승이 덮치기 전에.

아프지 않은 곳이 없다. 남자에게 다가와 손을 건네줄 사람은 아무도 없다. 하긴 이 깊은 숲속에서 누가 그를 발견해줄까? 그래도 남자는 자신을 도울 손길이 나타나주기만 간절히 바랐다. 그러나 인생은 그렇지 않다. 오로지 자기 자신만 있을 뿐이다. 누구든 오직 스스로 자신을 구원할 수 있을 뿐이다.

남자는 두 손으로 땅을 짚고 일어서려 했다. 실패다. 남자는 그대로 다시 쓰러졌다. 남자는 다시금 머리를 들고 셔츠의 아래 모서리를 잇새로 단단히 문 다음 오른손으로 찢었다. 이렇게 얻은 조각으로 상처를 감쌌다. 무릎 꿇은 자세로 두 손으로 바닥을 짚고 간신히 일어섰다. 온몸이 떨린다. 그런 다음 다시 허리를 숙여 금빛 가루와 종이가 든 주머니를 집어 호주머니에 넣었다. 그리고 절뚝거리는 다리를 이끌고 숲속을 헤치고 나아갔다.

몇 시간을 고통과 사투한 끝에 남자는 길이 나 있는 곳을 발견했다. 밤이 섬을 뒤덮기 직전이라 그나마 다행이다. 절뚝이며 남자는 길을 따라 걸었다. 이미 어둑해졌다. 이내 완전히 어두워지리라.

그런데 돌연 어둠 속에서 횃불이 나타났다. 횃불의 주인은 부두에서 일을 마치고 집으로 돌아가는 청년이다. 피로 얼룩진 남자의 참혹한 모습에 청년은 깜짝 놀란 나머지 다른 손에 들었던 가방을 떨어뜨렸다. 온갖 잡동사니가 쏟아져나왔다.

"맙소사, 어떻게 된 일이죠?"

남자의 입술이 떨렸다.

"엄청난 실수를 저질렀소. 남의 말을 곧이곧대로 믿고 눈을 가리게 하는 실수를. 낯선 여인을 보고도 내 인생의 유일한 사랑을 다시 만난 줄 착각했소. 전혀 다른 여자라는 것을 알면서도. 그건 희망이었소. 그냥 그랬으면 좋겠구나 하는 허튼 바람. 그 바람이 내 의지를 눌러버리도록 하는 어처구니없는 어리석음을 저질렀소."

남자는 피가 묻은 손으로 머리를 쓸어넘겼다.

"그래서는 안 된다는 것을 너무도 잘 알면서 여인의 꾐에 빠져 내 목적은 팽개쳐두고 그녀를 따라갔소. 어쩌면 이리도 어리석을 수 있을까?"

청년은 무슨 말인지 몰라 어리둥절한 표정이었다.

"그리고 저들은 내 기억을 빼앗아갔소."

"그럼 지금 기억할 수 없으세요?"

"저들은 냉혹하게 빼앗아갔소, 내 기억을."

청년은 남자가 중얼거리는 말을 도무지 알아들을 수 없었다.

"이 섬에 사세요?"

청년이 물었다.

"아뇨. 나는 본래 오늘 이 섬을 떠나고 싶었소. 나에게 소중한 것을 찾으러. 그러나……."

남자의 눈에서는 다시금 눈물이 흘러내렸다. 남자는 빈 호주머니를 쓰다듬었다. 오랜 세월 동안 억눌러온 슬픔이 명치를 타고 올라왔다. 남자는 이 크고 광활한 세상의 한복판에서 완전히 혼자가 된 것 같다는 느낌을 떨칠 수가 없었다. 자신과 맞는 것이라고는 없어 보이는 이 세상이 원망스러웠다.

청년은 손수건을 꺼내 내밀었다.

"저와 함께 가세요. 제 집은 멀지 않습니다. 일단 씻고 뭘 좀 먹고서 쉬세요. 섬에서 나가는 배가 그리도 중요하다면,

내일 아침 일찍 제가 부두로 모셔다드리죠. 배는 내일 아침에도 같은 시간에 올 겁니다. 선생님은 그저 하루만 잃은 것일 뿐이에요."

아무 말 없이 청년의 부축을 받으며 그의 집으로 가면서 다시금 인생을 허비하고 말았구나 하고 남자는 생각했다.

"왜 나에게 그런 일이 일어났을까? 왜 하필 나한테?"

남자는 혼잣말하듯 중얼거렸다.

"나쁜 일이 일어나기를 바라는 사람이 어디 있겠어요? 어쩔 수 없는 나쁜 일은 꼭 선생님을 지목해서 일어나는 게 아니죠. 그건 인생처럼 그냥 일어난 것일 뿐입니다."

청년이 달랬다.

"주의했어야만 했는데."

청년은 대꾸하지 않았다. 얼마 뒤 두 사람은 작은 집 몇 채가 서 있는 언덕 위에 도착했다.

"다 왔습니다."

청년이 말했다.

이곳에서는 섬 전체의 전망이 보였다. 남쪽으로 부두가 보였고, 바다는 달빛을 받아 반짝였다.

"대단한 전망이로군!"

남자는 아픔을 잊고 탄성을 질렀다.

"그거야 받아들이기 나름이죠. 높은 곳에 살면 전망은 좋지만, 그만큼 세상의 추악함도 더 많이 보이죠. 저는 좋지 못한 것을 너무 많이 보았습니다."

두 사람은 집으로 들어섰다. 대략 한 시간 뒤에 남자는 깨끗이 씻고 새 셔츠와 바지로 갈아입고 청년과 식탁에 마주 앉았다. 빵을 먹으니 기운이 되살아나는 것을 느꼈다. 밤을 묵게 해준 청년이 고맙기만 했다.

"저는 다른 사람들도 할 만한 일을 했을 뿐입니다."

"누구나 그러지는 않죠."

남자는 청년에게 얻어입은 셔츠를 잡아당겨 쭉 폈다. 익숙하지 않은 알록달록한 셔츠였다.

"나는 대개 흰 것을 입는데. 나는 물건을 고를 때 항상 흰색을 찾죠."

남자가 말했다.

"선생님에게 가장 잘 어울리는 색은 선생님이 입을 수 있는 색이에요."

청년은 이렇게 말하며 미소를 지었다.

다음 날 아침 청년은 남자를 부두로 데려다주었다. 마침 배가 출발할 채비를 하고 있었다.

배에 오른 남자는 다시금 섬에서 겪은 일들을 돌이켜보며 생각했다.

'이곳은 영원한 봄의 섬이지만, 이 봄이 내 봄은 아니야.'

47

배에서 내렸을 때 날씨는 무척 더웠다. 공기는 재처럼 메말랐다. 이마에서 땀방울이 흘러내린다. 곧장 말라버린 땀은 피부에 소금기를 남긴다. 작열하는 태양으로 눈이 이글이글 타는 것만 같다. 남자는 배낭을 고쳐메고 뭍 쪽으로 걷기 시작했다. 발아래 땅바닥은 열기로 쩍쩍 갈라졌다.

몇 시간을 힘들게 걸은 끝에 남자가 도착한 곳은 사막이다. 사방이 오로지 모래다. 눈길이 닿는 곳마다 모래 언덕이다. 길도 없다. 있는 것이라고는 오로지 모래와 하늘과 남자뿐이다. 대체 어쩌다 사막과 만났을까? 또 어떤 갈림길에서 길을 잘못 들어섰을까? 아니면 혹시 이게 맞는 길일까? 대체 어느 방향에서 걸어왔을까? 마침 해는 남자의 머리 위에 수직으로 떠 있어 방향을 가늠하는 데 전혀 도움이 되지 않았다. 남자는 주위를 돌아보았다. 발자국도 없다. 이 사막에서는 매 발걸음이 유일한 발걸음이다. 발자국이 모래 위에 찍히자마자 흘러내린 모래로 덮이며, 고운 모래 바람이 모든 것을 지우기 때문이다.

불안한 마음으로 남자는 혹시 오아시스가 있는지 둘러보았다. 양봉가를 찾아가던 길에 들렀던 휴게소가 생각났다. 서둘러 잔에 물을 따르는 바람에 거의 쏟아버렸던 기억이 새삼스럽다. 흘려버린 물을 핥을 수만 있다면 지금 뭐라도 할 것 같다. 남자는 그 생각은 하지 말자고 다짐했다. 생각해봐야 갈증이 더 고통스러워질 뿐이니까.

마침내 남자는 텅 빈 오두막을 하나 발견했다. 오두막 왼쪽에 빗물받이가 있다. 서둘러 달려간 남자는 그 통 안을 들여다보았다. 물이 너무 탁해서 아무것도 비추지 못한다. 썩은 내가 코를 찔렀다. 남자는 얼굴을 찡그렸다. 말라버린 입속이 달군 쇠처럼 달아올랐지만 남자는 한 모금도 마시지 않기로 작정했다. 그냥 계속 걸었다. 심장이 격하게 뛴다. 이따금 눈앞에 검은 반점들이 나타났다 다시 사라졌다.

약 한 시간을 걸은 끝에 남자는 다시금 물이 있을 법한 곳을 발견했다. 그동안 너무 메말라버린 나머지 남자의 얼굴은 지도의 산맥처럼 쭈글쭈글했다. 거듭 손으로 얼굴을 쓸어내렸지만 주름은 사라지지 않았다.

남자는 물받이 통을 들여다보았다. 이번에도 악취를 풍기는 탁한 물이다. 욱, 토악질이 올라왔다! 남자는 안타깝게 주변을 돌아보았다. 돌연 멀리서 오아시스가 보인다. 그곳의 물은 유리처럼 투명하기만 하다. 남자는 이를 악물고 마지막 남은 힘을 쥐어짜며 뛰었다.

드디어 도착했다. 그러나 불과 몇 분 전에 오아시스로 보였던 곳에서 남자는 모래만 움켜쥐었다. 말라버린 혓바닥이 사포처럼 입안을 갈아버린다. 마침내 온 힘이 몸에서 빠져나갔다. 남자는 눈앞이 온통 깜깜했다.

48

남자는 어떤 천막 안의 나무 침대에서 깨어났다. 얼핏 보기에도 나이 많은 할머니 한 분이 그의 얼굴을 굽어보고 있다. 할머니는 물이 담긴 대야에 수건을 넣어 흠씬 적신 다음 그 물로 남자의 입술을 적셔주었다.

"여기가 어딥니까?"

"교활한 사막의 제물이 될 뻔했소, 젊은이."

이렇게 말하는 할머니는 체구가 아담하며 가르마를 타서 단정하게 빗어넘긴 머리는 은발에 가깝다. 허리가 구부정하다. 약간 과장해서 말한다면 선 것인지 앉은 것인지 구분하기 쉽지 않을 정도다. 아마도 할머니는 자신의 구부정한 허리가 부끄러운 모양이다. 말할 때마다 희고 고른 치아가 반짝인다. 고령에 비추어 무척 아름다운 치아다. 목의 주름살은 고령에 비해 주글주글하지 않으며, 여름의 미풍을 받은 수면의 파문처럼 잔잔하다. 남자는 눈을 비비고 주변을 돌아보았다.

사방이 단조로운 물결무늬가 반복되는 천막 천이다. 바닥에는 여러 겹의 양탄자가 놓여 있다. 남자는 자리에서 일어서려다가 곧장 다시 쓰러졌다.

"침착해요. 지금은 쉬어야만 해."

할머니는 이렇게 말하며 다시 수건으로 남자의 입 주위를 적셔준다. 천막 안은 대장간처럼 후끈했으며 숨이 막혔다.

"어떻게 된 거죠?"

"현재에서 물을 만나면 그것을 마셔야만 해. 미래가 하늘에 무엇을 그려놓든 현혹되어서는 안 되지."

"무슨 말씀인지 잘……."

"젊은이는 자연의 심술에 당한 거요. 허공의 단순한 빛 놀이에 하마터면 목숨을 잃을 뻔했어."

"신기루?"

"사막을 건널 때 대비해야만 하는 현상이지."

"저는 투명한 물을 분명히 보았습니다. 기억이 또렷해요."

"그래서 목말라 반쯤 죽을 지경이 되어 여기 누워 있지 않나."

"정말 신기루였나요?"

"환상, 공허한 유혹이지. 길을 가다 발견한 물을 마셔야만 했네, 젊은이."

할머니는 남자를 애처롭다는 눈길로 보았다.

남자는 얼굴의 물방울을 쓸어내린 손길로 머리와 가슴을

차례로 어루만졌다. 기대했던 시원함은 전혀 맛볼 수 없다. 이 천막 안의 공기는 무거웠고 먼지를 뒤집어쓴 양탄자 냄새로 가득했다.

"물은 탁했고 더러웠으며 지독한 악취를 풍겼어요."

"끓이면 되지 않았겠나?"

"어떻게요? 저는 성냥도 없었습니다."

"그래도 참고 마셨어야 해. 그 물이 자네가 현실에서 가진 유일한 것이니까. 그것이 자네의 현재야."

할머니는 다시금 수건을 대야에 담아 물에 적셨다.

"죽음과 약간의 혼탁함, 둘 가운데 어느 쪽이 더 나쁠까?"

"제가 두 번째 빗물받이를 보았을 때 그 안에는 정말 더러운 물뿐이었어요. 그때 저는 지평선에서 반짝이는 오아시스를 보았죠. 그곳의 물은 산속 호수를 연상시킬 정도로 맑고 시원했습니다. 망설이지 않고 그곳으로 달렸죠."

남자가 말했다.

"자네는 여느 사람들과 다를 바 없이 행동한 거야. 실제 가질 수 있는 것, 곧 현재를 움켜잡는 대신, 불확실한 미래가 꾸며주는 환상을 뒤쫓는 거야. 그저 아지랑이에 지나지 않는 환상을. 세상은 그런 하찮은 공상으로 가득하지. 그런 환상은 낙심하고 좌절했을 때 나타나. 말하자면 실망감이 하늘에 그럴싸한 그림을 만들어내는 마법을 부린달까?"

"우리는 가장 좋은 것, 활짝 핀 미래, 우리를 행복하게 해줄 위대한 사건을 기대하죠."

"그런 건 파괴적이야!"

할머니가 힘주어 말했다.

"자네는 현재라는 순간이 확실하게 주는 유일한 것으로부터 도망친 거야. 현재를 자신에게 보탬이 되도록 활용하지 않고 미래로 허덕이며 달렸지. 여보게, 인생은 이 현재라는 순간이 베풀 수 있는 것만 주는 법이지. 저녁이 되었을 때 보람차게 보낸 하루를 과거에 더해준다면, 이 하루를 아무도 자네에게서 빼앗을 수 없어."

남자는 할머니의 말이 익히 아는 것이라는 느낌에 흠칫 몸을 떨었다. 그래 맞다, 사랑스러운 소도시에서 우연히 만났던 노인이 일깨워준 가르침과 꼭 맞아떨어지는 말이다. 이제 남자는 무어라 설명하기 힘든 야릇한 기분에 사로잡혔다. 아무튼 보기 드문 일의 연속이다. 여행 내내 이런 일이 끊이지 않고 이어진다.

49

다음 날 아침에도 남자는 여전히 기운을 회복하지 못했다. 그래도 천막 주변을 돌아볼 정도의 힘은 낼 수 있었다. 남자는 자신이 유목민 베두인 족의 숙영지에 있음을 확인했다.

부축을 해주던 할머니가 남자에게 물었다.

"그 상처는 오아시스 탓에 쓰러지며 입은 게 아닌 것 같은데?"

"맞습니다. 이 상처는 또 다른 착각의 결과물이죠."

남자가 인정했다.

"그럼 사막의 신기루에만 희생된 게 아니다?"

"그렇습니다."

"또 무슨?"

"다른 종류의 환상이죠."

남자의 눈시울이 촉촉해졌다.

"젊은이, 두 번 연달아 환멸을 맛보다니. 그것도 아주 짧은 간격으로. 더욱 신중하게 행동하는 것이 좋겠구먼."

두 사람은 한동안 침묵했다.

이윽고 남자가 말문을 열었다.

"어르신은 출발하셔야만 하지 않나요?"

남자는 할머니도 여행 중이고 목적지에 가려면 사막을 가로질러야만 한다고 짐작했다. 천막과 물이 있는 이 사막 마을에서 잠시 쉬어가는 게 분명하다고.

"저 때문에 못 가시는 게 아닌지 염려됩니다."

남자가 말했다.

"서두를 거 없어. 재촉한다고 길이 짧아지는 건 아니니까."

할머니가 답했다.

"죄송합니다만, 이렇게 말씀드려도 어떨지 모르겠네요. 하지만 어르신도 영원한 시간을 가진 건 아니시잖습니까?"

남자가 나직하게 말했다.

"허허, 하기야 예민하게 굴기에는 내가 너무 늙었군."

할머니는 껄껄 웃었다.

"저를 돌봐주시느라 시간을 허비하시는데도 조바심이 나지 않으세요?"

"서두른다고 안 될 일이 되지는 않아. 우리는 매일 서둘러야만 할 것 같은 일을 만들어내지만, 그런 속도를 감당해낼 수 없어. 나는 하나하나 차분하게 해결하는 게 좋아. 그리고 모든 일은 해결되기에 필요한 그만의 시간을 가지게 마련이지. 인생을 무슨 시합하듯 속도 경쟁을 하며 살아가는 태도는 하릴없이 방황하는 것만큼이나 어리석어. 둘 다 시간 낭비일 뿐이니까."

두 사람은 천막으로 돌아와 바닥의 양탄자에 가부좌를 틀고 앉았다.

"사람들은 대개 의미를 찾느라 이리저리 목적도 없이 방황하죠."

"의미 탐색이야말로 지구 상에서 겪을 수 있는 가장 소중한 모험이지."

할머니는 온화한 미소를 지으며 이렇게 말하고는 오른손을 남자에게 내밀었다.

"여기 내 손을 보게나. 되도록 많은 것을 잡겠다고 우리는 손가락을 활짝 펼치지. 그러나 이렇게 하면 손가락 사이로 많은 것이 흘러내릴 뿐이야. 손가락들을 꼭 붙이고 오목하게 만들어야 우리는 더 많은 것을 잡을 수 있어. 성글게 짠 그물과 곱게 짠 그물의 이치와 마찬가지야."

할머니는 손을 거두고 말을 이었다.

"의미를 갈망하는 우리의 심장을 두고도 같은 말을 할 수 있지. 터전을 잡지 못한 심장은 그 무엇으로도 채워줄 수 없어. 인생의 모든 본질이 허망하게 빠져나갈 뿐이지."

"어르신 말씀은 우리가 터무니없는 희망을 가진다면 의미를 찾을 수 없다는 뜻인가요?"

"성긴 그물로 뭘 잡을 수 있겠나?"

할머니의 말에 남자는 얼굴빛이 어두워졌다. 그는 인생의 아로마를 거르는 법을 가르쳐준 방앗간 주인을, 그물로 순간을 포착해야 한다고 말했던 어부가 떠올랐다.

"안색이 좋지 않네. 물을 줄까?"

"모든 것을 좀 더 조촐하게 받아들여야 했다는 생각이 듭니다."

"조촐하게라니? 무엇을?"

"지금껏 제 인생을 채웠던 욕망을 줄였어야 마땅했습니다. 제가 한때 소중하게 여겼던 모든 것은 허망하게 사라지거나 잃어버렸거든요."

"인생이란 베풀어주기도 하고 거두어들이기도 하지. 인생이 베푸는 것을 우리는 소중히 여기지 않고 대수롭지 않게 받아들여. 그런데 인생이 우리가 소중히 여기는 것을 거두어가면 우리는 절망에 빠져 비통해하지. 예전에 겪었던 나쁜 일보다 지금 현재 누리고 있는 좋은 일이 더 많다는 걸 우리는 쉽게 잊어버리곤 해. 인생이 베푸는 것을 감사히 받아들일 줄 알아야만 해. 밀의 경우와 마찬가지야. 밀은 스스로 자라지. 우리는 그저 그것을 수확해야만 하는 거야."

남자는 놀란 표정으로 할머니를 보았다. 어떻게 밀 생각을 했을까? 혹시 예전에 만난 적이 있던가?

*

할머니 이마의 주름살에는 나이뿐만 아니라 인생을 살아온 이야기도 담겨 있었다. 할머니 역시 끔찍하고 고통스러운 많은 일을 겪었으리라. 그러나 거기에 무너지지 않고 그 가운데서도 아름답고 좋은 것을 수확하는 법을 배우는 자세를 할머니는 잃지 않았다.

50

다음 날 남자는 한결 나아졌다. 그는 새를 찾아 다시 길을 떠날 힘이 충분하다고 느꼈다. 고마운 마음으로 그는 할머니와 작별했다. 두 사람은 각기 다른 방향으로 출발했다. 왜 하필 이 방향이어야 하는지는 남자도 잘 몰랐다. 그저 느낌이 이끄는 대로 길을 골랐을 뿐이다.

여행을 떠나기 전 완전히 엉켜 있던 인생의 미로는 발걸음을 옮길 때마다 실타래처럼 풀려나갔다. 지난 모든 세월 동안 남자는 자신이 뒤엉킨 실타래 같다고 느꼈다. 봄을 찾아가는 여행의 매 발걸음은 이 매듭을 풀어주며 인생을 이끄는 붉은 실이 되었다. 저 전설의 아리아드네가 미로를 빠져나갈 수 있게 마련해준 붉은 실처럼.

여행을 통해 남자는 굳어진 생활의 틀에서 벗어났을 뿐만 아니라, 과거의 혼란으로부터도 벗어났다. 이제 남자는 인생의 비밀에 한층 더 가까이 왔다. 아지랑이가 햇빛을 받아 풀리듯, 남자는 자신이 인생을 너무 일찍 포기했음을 분명하게 깨달았다. 과거 남자는 여우의 털가죽에 파묻혀 죽기만 기다리는 개미처럼 행동했다.

남자는 중얼거렸다.

"나의 부분은 죽어 사라진다 할지라도, 전체는 여전히 생동하는 활력으로 세계를 산책하며 다채로운 꽃들을 만끽하고 그 열매를 수확하는 거야. 지난 세월 나는 내 소중한 인생을 너무 허비했어! 그냥 내 인생을 흘러가는 대로 버려두었지. 스스로 인생을 꾸미기보다 매일 쓸모없는 일에 나를 소모했어. 편안하기만 바라고 나에게 전혀 맞지 않는 일을 허덕이며 따라다니느라 자신을 불행에 빠뜨렸지. 마침내 나는 깨달았어. 자신이 누구인지 모르는 사람은 진정 원하는 일을 하지 못하고 그저 그때그때 맞닥뜨리는 헛일에만 매달릴 수밖에 없어. 인생은 자아와 조화를 이루어야만 해. 가죽 장갑이 손에 딱 들어맞듯 자신과 맞는 인생을 살아야 해. 오로지 그래야만 진정한 인생을 찾을 수 있어. 이것이 훌륭한 인생을 꾸려가는 예술이야."

51

열기는 오븐 속처럼 살인적이다. 하늘을 나는 새 한 마리 없고, 모래 위를 기어가는 벌레 한 마리 없다. 조용히 멈추어 선 남자는 왼쪽과 정면과 오른쪽을 차례로 둘러보았다. 어느 방향으로 가야 봄을 만날 수 있을까?

사막은 끝이 없어 보인다. 털썩 모래 위에 주저앉은 남자는 할머니가 준 병에서 물을 한 모금 마시고 메모장을 펼쳤다. 그는 집을 떠난 이래 자신이 걸어온 길을 찬찬히 살폈다. 기묘한 그림이다. 그림은 형태가 일정치 않은 나무의 나이테처럼 보인다. 언제쯤 목표에 이르게 될까? 그냥 이렇게 계속 미로를 헤매는 것은 아닐까? 이제 어느 방향을 택하느냐에 따라 물음의 답이 주어지리라.

52

깜빡 잠이 들었던 게 틀림없다. 남자는 강력한 소용돌이 때문에 잠을 깼다. 갑자기 바닥이 푹 꺼진다. 나선형의 거센 회오리바람이 모래 기둥을 만들며 남자를 집어삼켰다. 눈 깜짝할 사이에 벌어진 일이다. 중앙에 깔때기 모양의 구멍이 생기며 강한 흡입력으로 남자를 잡아당겨 심연의 나락으로 떨어뜨렸다. 공포에 사로잡힌 남자는 거센 소용돌이에 저항하려 안간힘을 썼다. 그럴수록 빠져나갈 수 없다는 걸 알면서도 남자는 알지 못하는 힘에 휩쓸리는 것이 너무도 싫었다. 허우적거리며 저항했지만 소용이 없었다. 남자는 날개를 잃은 새처럼 추락했다.

어둠. 정적. 무력함.

얼마나 시간이 흘렀을까? 남자는 자신의 몸이 다시 느껴졌다. 손으로 눈가의 모래를 털어버리고 눈을 뜨려 해보았다.

빛. 이게 어찌된 일일까? 지하의 이 깊은 곳이 환하다. 이럴 수가! 남자는 손가락과 팔과 다리를 움직일 수 있는지 시험해보았다. 모든 것이 멀쩡하다. 놀란 눈으로 남자는 주위를 돌아보았다. 그는 모래 속에 배꼽까지 박혀 있다. 그의 머리 위로는 텅 빈 커다란 공간이 있다.

"텅 빈 공간!"

그는 이렇게 중얼거리며 봄의 섬을 찾아가던 길에 휴게소에서 만났던 노인을 떠올렸다.

"빈 공간이라는 것이 이처럼 중요하구나. 지금 이 순간 이 공간은 내 생명을 구해주었어. 여기 아래가 빈 공간이 아니었다면 나는 목숨을 잃었을 거야. 비움이 나에게 숨 쉴 여지를 주는군."

죽었을 수도 있다는 생각이 들자 남자는 속이 메슥거렸다. 남자는 버둥거리며 모래 속에 박힌 다리를 빼내고 다시금 주위를 돌아보았다. 대체 지금 어디에 있는 걸까?

남자는 멀리서 유리벽이 반짝이는 것을 발견했다. 거대한 유리벽이다. 가능한 한 오른쪽으로 멀리 돌아보았다. 그러는 사이 몸이 다시 허리까지 묻혔다. 모래를 발로 차버리고 빠져나와 한 바퀴 빙 돌아보았다.

"삼백육십 도! 나는 엄청나게 큰 유리벽 안에 갇혔구나."

남자는 탄식했다.

'나는 중심에 있다. 무엇의 중심?'

다시금 고개를 든 남자는 텅 빈 공간을 자세히 살폈다. 유리는 위로 올라갈수록 목이 가늘어지는 것이 깔때기를 엎어 놓은 모습이다. 꼭대기에는 바늘귀만 한 크기의 구멍이 있다. 거기서 가느다란 모래 줄기가 떨어져내린다.

"이럴 수가! 지금 나는 플라스크 안에 갇혔구나."

남자는 중얼거렸다.

있는 힘을 다해 남자는 모래 속에서 완전히 빠져나오려 했다. 두 손으로 처음에는 왼쪽 다리를, 다음에는 오른쪽 다리를 꺼냈다. 그러나 아무 소용이 없다. 발을 움직이려 할 때마다 다시 푹푹 빠진다. 완전히 사로잡혔다. 모래 속에. 공간에. 끝장에?

"여보세요!"

남자는 목청껏 외쳤다.

"거기 아무도 없어요?"

죽음과도 같은 적막. 오로지 가느다란 모래 줄기가 떨어지는 소리뿐. 참으로 기괴한 곳이다. 남자는 이마를, 관자놀이를, 눈을 차례로 비볐다. 변하는 것은 아무것도 없다.

"그렇구나."

몇 분 정도 시간이 흐르자 남자는 정신이 퍼뜩 들었다.

"모래시계! 나는 모래시계의 한복판에 있구나. 정확히 말해서 여기는 모래시계의 아래쪽 유리통이야."

모래시계는 거대하다. 모래가 완전히 흘러내리기까지 몇 년

혹은 심지어 몇십 년이 걸릴 수 있다. 대체 이 모든 것이 무엇을 뜻할까? 남자는 바지 호주머니에서 금빛 가루가 든 주머니를 꺼내 열고 오른손으로 그 가루를 약간 집어 왼손 위로 뿌렸다. 반짝이는 가루가 하늘하늘 떨어진다. 순간 남자는 퍼뜩 깨달았다. '이것은 내 인생 시간이다!'

모래시계의 윗부분은 과거의 시간이리라. 결국 남자는 과거에서 이리로 떨어졌으니까. 이제 남자는 아래에 꼼짝없이 사로잡혔다. 머릿속이 어지럽기만 하다. 그럼 여기는 현재인가? 아니면 미래? 끝장? 금빛 가루를 다시 주머니에 담고 묶은 다음 남자는 주머니를 호주머니에 넣었다.

혹은 전혀 반대일 수 있다. 남자는 여기 아래가 실제로는 위가 아닐까 하고 자문했다. 신이든 그게 누구이든 내 인생 시계를 뒤집어놓았다. 다시 말해서 나는 지금 과거의 한복판에, 지나버린 나날 위에 걸터앉아 있으며, 저 위에는 나의 알지 못하는 미래, 혹은 이미 덧없어진 미래가 있는 게 아닐까?

남자는 두 눈을 가느다랗게 뜨고 위를 정확히 살피려 안간힘을 썼다. 아무 소용이 없다. 구멍은 너무 멀리 떨어져 있는데다가, 그것을 통해 위를 알아보기에는 너무 작다. 위가 무엇인지는 비밀로 남을 따름이다.

53

위의 좁은 구멍을 통해 모래는 여전히 남자의 머리 바로 위로 흘러내린다. 점차 모래 줄기가 가늘어지더니 마침내 더는 흘러내리지 않는다. 남자는 불안해졌다. 이제 인생의 시간이 다한 걸까? 죽음은 이런 모습인가, 아니면 여전히 미래가 있는 걸까?

남자는 이 모든 것이 무엇을 뜻하는지, 또 무엇을 어떻게 하면 좋을지 몰라 난감하기만 했다. 이토록 먼 길을 걸어왔건만, 시간이 다하기 전에 적어도 인생의 비밀을 풀어볼 열쇠는 손에 넣어야 하지 않을까 하는 생각에 남자는 초조했다.

'열쇠'라는 단어와 함께 문득 남자는 좋은 생각이 떠올랐다. 아마 이 공간에도 어딘가에 문이 있지 않을까? 이 유리통에서 빠져나가거나 깨달음으로 이끌어줄 문이?

남자는 모래에 푹푹 빠지는 발을 빼가며 한 발 한 발 앞으로 나아간 끝에 마침내 유리벽에 도착했다. 유리는 불투명해서 바깥이 보이지 않았다. 남자는 이마로 유리를 지그시 눌러 보았다. 이 유리통 안은 여전히 사막의 후끈한 열기를 가진 탓에 유리로 전해지는 시원한 기분이 나쁘지 않다. 남자의 숨결이 유리벽에 서리며 더욱 불투명해졌다. 너무 가까이 있으면 그만큼 더 볼 수 없게 되는구나 하고 남자는 생각했다.

남자는 등을 돌리고 유리벽에 기대어 앉았다. 다시금 위를 올려다보았다. 아주 조금이기는 하지만 모래가 다시 흘러내린다. 남자는 울컥 울화가 치밀었다. 인생이라는 것이 저 모래처럼 그저 흘러갈 뿐일까? 이렇게 끝날 수는 없다. 이처럼 모든 것이 허망할 수는 없는 노릇이다. 새를 찾아야만 한다! 남자는 굳게 다짐했다.

54

다시 돌아앉은 남자는 숨결로 김이 서린 유리에 손가락으로 이렇게 썼다.

"두 개의 깔때기."

그리고 마치 누군가 들어주기라도 하듯 남자는 큰소리로 읽었다.

"위의 깔때기는 널찍하게 시작해 아래로 갈수록 좁아지며 아주 작은 구멍을 이루어 모래가 흘러내리게 한다. 아래는 정 반대의 모습을 가진 깔때기다. 좁은 구멍으로부터 시작해 아래로 가면서 넓어진다."

남자는 머리를 긁적였다.

"넓게 시작해 넓게 끝나는구나. 오로지 가운데만 좁을 뿐이야."

남자는 이렇게 중얼거렸다.

가능성! 그렇구나, 남자는 자기도 모르게 손으로 무릎을

탁 쳤다. 바로 이 모래시계 속의 모래처럼 우리의 인생은 무한한 가능성의 시간으로 시작해 결국에는 좁아든 가능성의 시간으로 끝난다.

길이 말라가면서 글자는 갈수록 희미해지다가 마침내 사라졌다. 남자의 생각은 계속 이어졌다. 우리 인생은 젊은 시절 무엇이라도 할 수 있을 것 같은 무한한 가능성을 가진다. 살리는 기회가 있는가 하면, 너무 늦은 결심으로 허망하게 날리거나 그대로 흘려버리는 가능성이 더 많다. 세월의 흐름과 더불어 가능성은 갈수록 줄어들다가 생애의 특정 지점에 달하면 거의 사라져버린다. 모래시계의 저 잘록한 구멍처럼. 이 지점에 이르면 우리는 더는 모든 것이 가능하지 않다고 느낀다. 대개 사람들은 자신이 인생을 헛살았다고 생각한다. 어떤 사람은 기회를 살리지 못한 나머지 인생이 뒤죽박죽이 되어 꼼짝달싹도 할 수 없다고 여긴다. 자신의 꿈을 실현할 자유는 거의 사라지고 말았다며. 이처럼 우리 인생은 저 좁은 구멍처럼 암담하게만 느껴지는 순간을 맞는다. 그러나 아무리 좁디좁은 길이라 할지라도 길은 길이다. 다만 좁을 뿐이다. 어디로도 갈 수 없는 완전히 불가능한 길이란 없다. 우리는 어떻게든 이 험로를 통과해야만 한다. 좁은 고통의 길을 통과하면 이제 새로운 가능성의 바다가 기다린다. 성숙해진 우리는 자신이 누구인지 알기 때문이다. 이렇게 해서 지혜라는 이름의 새로운 가능성이 열린다. 이 가능성 역시 여기의 모래알만큼이나 무한할 수 있다.

남자는 허리를 숙이고 오른손으로 모래를 집어 손가락 사이로 흘러내리게 했다. 모래알 한 알 한 알은 새로운 가능성이라고 남자는 생각했다. 나이를 먹어갈수록 이 지혜의 바다는 깊어진다. 인생이라는 이름의 모래시계. 노년의 지혜는 젊음의 피와 마찬가지로 예상치 못한 가능성을 열어준다. 물론 20대나 30대와 같은 가능성은 아니지만, 그에 못지않게 소중한 새로운 가능성이다. 40대, 50대, 60대, 70대, 80대의 가능성은 각각 면모와 색채를 달리한다. 다만 저 중간의 좁은 구멍이 거의 앞을 내다보지 못하게 할 뿐이다. 기존의 가능성은 닫힌 반면, 새로운 가능성은 아직 열리지 않은 상태인 것이다.

남자는 여행의 초기에 겪었던 방황을 떠올렸다. 미로를 헤매며 방향을 찾지 못해 괴로웠으나 어떻게든 길은 열렸다. 그렇다, 인생에서 더는 아무런 가능성이 없을 정도로 꽉 막히는 일은 일어날 수 없다.

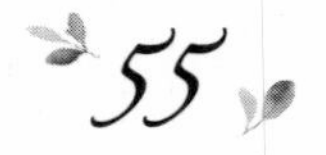

남자는 위를 자세히 살폈다. 이 모래시계는 빈 공간이 없다면 모래가 흘러내릴 수 없다.

"빈 공간을 주목하시오."

남자는 휴게소에서 만났던 노인이 했던 말을 떠올렸다.

"새로운 가능성이 들어설 빈 공간을 마련해두는 것이 성취만큼이나 중요하다는 뜻이라오."

노인의 말은 긴 여운을 남겼다.

어딘가에 분명 출구가 있으리라. 남자는 유리벽을 따라 걸었다. 발은 계속해서 모래에 푹푹 빠진다. 그래도 남자는 더는 시간을 잃고 싶지 않았다.

힘들어도 남자는 계속 유리벽을 더듬으며 나아갔다. 갑자기 금빛 가루를 담은 가죽 주머니가 바지 호주머니에서 떨어지며 주둥이를 묶은 끈이 풀렸다. 꼭 묶어두지 않았던 것이 분명하다. 고운 금빛 가루가 하늘거리며 떨어져 모래와 뒤섞인다. 놀란 남자는 급히 허리를 숙여 두 손으로 가루를 받으려 했다. 허사였다. 가루를 잡으려 안간힘을 쓸수록 가루는 모래와 섞여버린다. 결국 고운 금빛 가루는 모래알과 뒤섞여 더는 구분이 되지 않았다. 금빛 가루를 잃고 말았다. 남자는 희망을 잃고 말았다. 남자의 이마에서 땀이 비 오듯 흘러내렸다. 서두르는 바람에 남자는 새로운 인생으로 자신을 이끌어준 동반자를 잃고 말았다. 마법의 금빛 가루가 없이 어떻게 봄을 찾을 수 있을까? 여행하는 동안 길을 찾지 못하고 헤맬 때마다 이 마법은 올바른 방향으로 이끌어주었다. 그러나 이제는?

남자는 서둘러 다시 손으로 모래를 휘저었다. 헛수고다. 자세히 살펴도 모래의 반짝임과 금빛 가루의 반짝임은 구별되지 않았다. 남자는 무엇이 모래알이고 무엇이 금빛 가루인지 알아볼 수 없었다.

56

남자는 단 1초를 주의하지 않았다. 그 1초가 남자의 소중한 금빛 가루를 잃게 만들었다. 유일하게 중요한 재산을. 이제 남자는 모든 것을 잃었다.

거친 탄식이 절로 나왔다.

"언제나 그놈의 1초가 문제였어. 항상 1초가 우리를 모든 것으로부터 떼어놓았어. 이 1초가 행복과 불행을 가르는 결정적 순간이야."

남자는 손으로 모래를 헤집었다.

이 1초라는 순간에 우리는 돌이킬 수 없는 실수를 저지른다. 그 후유증은 대개 평생을 따라다니는 짐이 된다. 이 1초라는 순간. 이 짤막한 순간이 평생 무거운 짐을 지게 만들어 우리의 날개를 어깨에서 꺾어버린다. 남자의 머릿속에는 지금껏 살아온 인생의 순간들이 주마등처럼 스쳐지나갔다. 그러나 또 인생에 새로운 색을 칠해주고 이전보다 나은 삶을 살게 해주는 것도 역시 이 1초라는 순간이다. 행복과 불행은 이처럼 백지장 한 장 차이인 걸까?

남자는 손에 움켜쥔 모래를 손가락 사이로 흘려버렸다. 그리고 손을 털었다. 이제 손이 아주 부드럽게 느껴진다.

남자는 일어섰다. 앞에 문이 보인다. 서둘러 남자는 손잡이를 잡아 아래로 눌렀다. 문은 꿈쩍도 하지 않는다. 다시 한 번 시도해본다. 좀 더 힘을 주어서. 그래도 문은 열리지 않는다. 문은 좀체 그 품을 열어주려 하지 않는다.

낙심한 남자는 돌아서서 등을 문에 기댔다. 그러고는 끈이 끊어진 꼭두각시 인형처럼 그대로 무너졌다. 그는 갇혔다. 모래시계 안에 갇혔다. 인생이라는 시간 속의 포로다.

남자는 현실을 감수하기로 결심했다. 현실을 두고 끝없이 불평을 늘어놓는다고 해서 상황이 나아지지는 않는다. 그는 바지 호주머니에서 메모장을 꺼냈다. 이 모래시계로부터 빠져나갈 수만 있다면 인생을 전혀 다르게 살아보자고 그는 다짐했다. 그는 이렇게 썼다.

"인생에서 가지고 싶은 순간과 사람을 주의 깊게 고르자. 무엇이 누가 네 소중한 인생 시간의 일부를 함께 나눌 만한 가치를 가지는지 충분히 숙고하자. 헛된 일에 시간을 쓰는 것은 낭비일 뿐이다. 누군가에게 시간을 바친다는 것은 네가 할 수 있는 최대의 선물이다. 지나치게 시간을 쓰는 어리석은 짓은 하지 말자. 큰 소리로 모든 것을 두고 불평이나 일삼는 공격적인 사람은 피하자. 그런 사람은 고통만 줄 뿐이다. 이들의 공격적인 독은 피할 수 없이 너에게 전해져 영혼의 평화를 무너뜨린다. 이들은 내면의 평정과 여유로움의 적이다. 다른 사람과의 관계를 주기적으로 거리를 두고 시험하자."

남자는 머리를 가슴에 묻었다. 손에서 힘없이 연필이 떨어졌다.

57

남자는 뭔가 가볍게 두드리는 소리에 잠을 깼다. 머리를 든 남자는 눈을 비볐다. 주위를 돌아보았다. 아무도 없다. 다시금 조용하기만 하다. 그러다가 다시 뭔가 유리벽을 가볍게 두드리는 소리가 들린다. 남자는 메모장을 덮고 다시 호주머니에 넣었다. 또다시 두드리는 소리가 들린다. 돌연 우윳빛으로 흐렸던 유리가 맑게 투명해졌다. 바깥이 환하게 보인다. 구름 한 점 없는 파란 하늘이다. 유리벽에 다가간 남자는 바깥을 자세히 살폈다.

아, 왔구나! 참으로 우아한 자태로 나타났다. 남자의 새가! 활짝 펼친 날개로 새는 유리벽 너머 저쪽에서 한 자리에 머문 채로 남자를 굽어본다. 이처럼 가까이서 보아도 새는 그 신비로움을 전혀 잃지 않는다.

이제 새와 남자는 서로 직접 마주 본다. 둘을 가르는 유일한 것은 유리다. 남자는 새가 자신의 심장을 들여다보는 것만 같은 느낌이 들었다.

신비로운 새는 부리에 뭔가 물고 있다. 남자는 코가 눌릴 정도로 얼굴을 유리에 바짝 대고 살폈지만 새가 물고 있는 것이 무엇인지 알아볼 수 없다. 새는 날개를 펼치고 가볍게 오르내린다. 참으로 황홀한 색채의 향연이다! 새가 부리를 열었다. 부드러운 찰그랑 하는 소리와 함께 무슨 쇳조각이 유리를 때리더니 바닥으로 떨어진다. 새는 날개를 펄럭인다.

환하게 빛나는 깃털은 눈부실 정도로 화려한 색채를 자랑한다. 유리통 안의 고운 모래알이 그 빛을 반사해 마치 작은 폭죽들이 터지는 것처럼 장관의 양탄자를 빚어낸다. 쏟아지는 빛살에 눈이 부신 나머지 남자는 새가 떨어뜨린 것이 무엇인지 보지 못했다.

새가 바닥으로 내려앉았다. 남자는 허리를 숙였다. 다시금 새와 남자는 직접 마주 보았다. 새는 쇳조각을 다시 부리에 물고 남자의 눈앞에 내밀었다. 이제 남자는 그것이 무엇인지 알아보았다. 열쇠가 반짝거린다. 미래를 열어줄 열쇠다 하는 생각이 남자의 머리를 스쳤다. 새는 다시금 열쇠를 떨어뜨리고 부리로 유리벽을 힘차게 쪼아댔다.

갑자기 유리가 깨졌다. 수천 개의 유리 조각들이 크리스털처럼 반짝이며 바닥으로 떨어진다. 벽에는 구멍이 생겼다. 남자가 손을 집어넣을 수 있는 크기의 구멍이다. 남자는 손을 한껏 뻗어 열쇠를 잡으려 했다. 그러나 닿지 않는다. 그의 손은 빈 공간을 허우적거린다.

새는 힘찬 날갯짓으로 바람을 불러일으키며 열쇠가 남자의 손에 닿을 수 있게 밀었다. 순간을 놓치지 않고 열쇠를 잡은 남자는 손을 거두었다. 일어선 남자는 열쇠를 자세히 관찰했다. 목이 길고 머리 쪽이 약간 두꺼웠으며, 열쇠 아랫부분에는 네 개의 톱니가 있고, 마름모의 열쇠 머리는 세 잎 클로버 모양이며 녹색 실로 장식된 열쇠다. 남자가 익히 알고 있는 바로 그 열쇠다!

남자는 열쇠를 구멍에 끼웠다. 열쇠는 꼭 맞았다. 열쇠를 돌리자 문이 열리며 유리통 안에 있던 모래가 엄청난 힘으로 쏟아져나갔다. 모래사태는 남자를 휩쓸어버렸다.

58

언덕 발치에 이르러서야 모래는 멈추었다. 아침 햇살을 받은 모래알들이 진주처럼 반짝인다. 남자는 모래 속에서 고개를 내밀었다. 마치 봄에 꽃을 피우는 사프란처럼. 그런 다음 남자는 모래를 헤치며 걸어나왔다. 기적의 새는 사라지고 없다.

이곳 바깥은 유리로 만들어진 고치 안보다 시원했다. 사막의 뜨거운 바람이 아니라, 기분 좋은 산들바람이 분다. 남자는 주위를 돌아보았다. 눈에 익은 곳이다. 분명 한 번 다녀간 적이 있는 곳이다. 남자는 머리와 옷에 수북한 모래를 털어냈다. 그때 뒤에서 귀에 익은 목소리가 들렸다.

"여행은 어땠나, 친구?"

남자는 돌아섰다. 방앗간 주인이 물레방아를 고치고 있다.

"왜 물레방아를 고치나?"

남자가 물었다.

"자네가 한 것처럼 누군가가 제 발로 찾아와 도와주는 일은 이례적인 일이니까."

방앗간 주인이 대답했다. 두 남자는 마주 보며 웃었다.

"나는 자네가 준 금빛 가루를 잃어버렸네."

"뭐 더 필요하지도 않은데."

방앗간 주인이 대답했다.

"나는 여행을 시작했던 곳으로 돌아왔군. 금빛 가루도 새도 없이. 금빛 가루와 새의 마법이 없이 봄을 찾을 수 있을까?"

"자네는 다른 사람이 되었어."

"금빛 가루는 나에게 길을 열어준 동반자였어."

"금빛 가루는 자네가 부여해준 특성만 가지네. 그러니까 마법의 주인은 그 가루가 아니라, 바로 자네야."

방앗간 주인은 이렇게 말하며 미소 지었다.

"금빛 가루는 자네에게 깨달음도 어떤 특별한 영감도 주지 않았어. 모든 것은 자네가 직접 이루어냈지. 자네가 자신을 믿었기 때문이야. 금빛 가루는 자네가 자신을 믿도록 도왔을 뿐이야. 우리는 자신을 받쳐줄 안정의 터전을 밖에서 구하지만, 그런 터전은 우리 자신 안에 숨어 있지. 이제 집으로 돌아가게. 시간이 됐네."

59

집으로 돌아온 남자는 드디어 봄을 찾았다. 봄은 남자의 집 정원에 만개했다. 그리고 그동안 봄을 찾아헤맨 길을 그린 메모장을 꺼내본 남자는 그 흔적이 자신의 지문과 꼭 맞아떨어지는 것을 발견했다.

지문이 인생의 지침서였다. 과거에 그토록 절박하게 갈망하며 찾아온 인생의 지침은 다른 그 어디도 아닌 자신에게 이미 주어져 있었다. 의미 있고 충만한 인생을 만들어주는 것이 무엇인지 하는 물음의 답, 봄을 찾아다닌 결과 얻은 답은 바로 자기 자신이다.

드디어 남자는 자신을 다른 사람에게 맞추며, 좋은 인생을 사는 방법을 말해줄 누군가를 찾느라 시간의 대부분을 허비해왔음을 깨달았다. 오직 자기 자신 안에서만 찾을 수 있는 것을 늘 다른 사람에게서 구해온 것이다.

그가 그토록 갈망해온 보물인 봄은 언제나 자신 안에 숨겨져 있었다. 다만 남자가 그것을 몰랐을 뿐이다.

남자는 꽃들이 앞다투어 핀 정원을 거닐며 나무들을 살펴보았다. 자작나무 아래 여전히 그 각진 돌이 놓여 있다. 아버지가 손에 쥐어주며 다른 사람들과 부딪치며 닮아지지 말고 자신의 길을 가라고 가르쳐주었던 바로 그 돌이다. 남자의 얼굴에 따뜻한 미소가 피어올랐다. 아버지에게 물려받은 것 중 여전히 남아 있는 것이 있구나. 그 무엇과도 바꿀 수 없는 유일무이한 것이.

정원을 돌아보던 남자는 목련이 아직 꽃을 피우지 않은 것을 발견했다. 정원에서 아직 꽃을 피우지 않은 유일한 나무다. 어떻게 이럴 수가 있지? 남자는 목련으로 다가갔다.

남자가 손가락으로 꽃망울을 건드리자 목련꽃이 환하게 피어났다. 봄의 산뜻한 향기가 나뭇가지들을 감싸며 부드럽게 흘러내린다.

남자는 인생에서 처음으로 땅에 뿌리를 내린 느낌이 들었다. 처음으로 세계와 결합했다는 느낌이다.

그럼 새는? 오랜 전설에 따르면 새는 남자를 앞서가며 길을 열어주고 봄과 고향을 다시 자신에게서 찾을 수 있게 해준 남자의 영혼이라고 한다.

"인생에는 뿌리와 날개, 이 두 가지가 필요하지."

남자는 가죽 주머니에서 빈 쪽지, 알에서 발견한 빈 쪽지를 꺼내며 중얼거렸다. 쪽지에는 남자가 어릴 때 쓴 것들이 고스란히 적혀 있었다. 그의 꿈들이.

미소를 머금고 꿈들을 읽어본 남자는 힘차게 뛰어올라 날개를 활짝 펼치고 날아갔다.